GW01326357

WIZARDING
WORLD

J. K. R O W L I N G

〔英〕J.K.罗琳／著　马爱农　马爱新／译

人民文学出版社
PEOPLE'S LITERATURE PUBLISHING HOUSE

著作权合同登记号　图字　01-2018-5447

图书在版编目（CIP）数据

哈利·波特与火焰杯. Ⅲ /（英）J.K.罗琳著；马爱农，马爱新译. —北京：人民文学出版社，2019 （2021.10重印）
ISBN 978-7-02-015304-6

Ⅰ.①哈…　Ⅱ.①J…②马…③马…　Ⅲ.①儿童小说—长篇小说—英国—现代　Ⅳ.①I561.84

中国版本图书馆CIP数据核字（2019）第121764号

策划编辑　王瑞琴
责任编辑　马　博
美术编辑　刘　静
封面插图　李　旻
责任印制　苏文强

出版发行　人民文学出版社
社　　址　北京市朝内大街166号
邮政编码　100705

印　　刷　三河市龙林印务有限公司
经　　销　全国新华书店等

字　　数　174千字
开　　本　880毫米×1230毫米　1/32
印　　张　7.625　插页3
印　　数　83001—93000
版　　次　2020年3月北京第1版
印　　次　2021年10月第10次印刷

书　　号　978-7-02-015304-6
定　　价　22.00元

如有印装质量问题，请与本社图书销售中心调换。电话：010-65233595

主要人物表

哈利 · 波特	本书主人公，霍格沃茨魔法学校四年级学生
罗恩 · 韦斯莱	哈利在魔法学校的好朋友
赫敏 · 格兰杰	哈利在魔法学校的好朋友
塞德里克 · 迪戈里	霍格沃茨魔法学校六年级学生，三强争霸赛勇士之一
威克多尔 · 克鲁姆	德姆斯特朗魔法学院学生，三强争霸赛勇士之一
芙蓉 · 德拉库尔	布斯巴顿魔法学院学生，三强争霸赛勇士之一
阿不思 · 邓布利多	霍格沃茨魔法学校校长
米勒娃 · 麦格	霍格沃茨魔法学校副校长
疯眼汉穆迪	霍格沃茨魔法学校黑魔法防御术课教师
小天狼星布莱克	哈利的教父
巴蒂 · 克劳奇	魔法部国际魔法合作司司长
卢多 · 巴格曼	魔法部魔法体育运动司司长
丽塔 · 斯基特	《预言家日报》特约女记者
虫尾巴	即小矮星彼得，伏地魔的追随者
伏地魔	杀人不眨眼的黑魔头，被称为“神秘人”

献给彼得·罗琳，

为着纪念里德利先生；

献给苏珊·斯莱登，

她帮助哈利从储物间里出来

目 次

第 26 章

第二个项目

“你明明说已经解开金蛋的线索了！”赫敏气愤地说。

“你小声点儿！”哈利恼火地说，“我只是需要——弄得更清楚些，不行吗？”

在魔咒课上，他和罗恩、赫敏单独坐在教室后面的一张桌子旁。今天要练习的咒语和召唤咒正好相反——驱逐咒。因为东西在教室里飞来飞去容易造成不幸事故，弗立维教授给了每个学生一大堆软垫做练习，这样，即使走偏了，也不会把人砸伤。这个想法倒不错，但执行起来并不顺利。纳威念咒时太没有准头了，总是不小心把一些很重的东西弄得满屋乱飞——比如弗立维教授。

“暂时忘掉金蛋吧，行吗？”哈利压低声音说，这时弗立维教授无奈地从他们身边飞过，落在一个大柜子上，“我要告诉你们斯内普和穆迪的事……”

这堂课是进行密谈的理想的保护伞，因为同学们都玩得很开心，根本顾不上注意他们。在刚才半小时里，哈利分几次小声地讲述了他昨天夜里的遭遇。

“斯内普说穆迪也搜查了他的办公室？”罗恩小声说，兴奋得两眼放光，一挥魔杖，对一个软垫念了驱逐咒（软垫飞到空中，撞掉了帕瓦蒂的帽子），“啊……穆迪在这里不光留意卡卡洛夫，还在监视斯内普，你说是吗？”

“我也不知道是不是邓布利多叫他这么做的，但他肯定去搜查了。”哈利说，一边漫不经心地挥了挥魔杖，他的软垫怪模怪样地贴着桌子滑了下去，“穆迪说邓布利多之所以让斯内普留在这里，是为了给他第二次机会……”

“什么？”罗恩说，眼睛睁得大大的，他的第二个软垫旋转着飞到高空，把枝形吊灯撞得飞了起来，然后重重地落在弗立维的讲台上，“哈利……也许穆迪认为是斯内普把你的名字投进火焰杯的！”

“哦，罗恩，”赫敏怀疑地摇了摇头，说道，“上次我们以为斯内普想害死哈利，结果没想到他却是在救哈利，你还记得吗？”

她给一个软垫念了驱逐咒，软垫从教室上空飞过，落在他们应该瞄准的箱子里。哈利望着赫敏，沉思着……不错，斯内普以前确实救过他的命，但奇怪的是，斯内普同时又对他恨之入骨，就像当年一起上学时他仇恨哈利的父亲一样。斯内普喜欢给哈利扣分，而且决不错过任何机会惩罚哈利，甚至提出要把哈利从学校开除。

“我可不在乎穆迪说什么，”赫敏继续说道，“邓布利多并不傻。拿海格和卢平教授来说吧，许多人都不肯给他们工作，邓布利多却相信他们。他做得对，所以他对斯内普的看法也很可能是正确的，尽管斯内普有点儿——"

"——坏。"罗恩迅速接口，"那么，赫敏，那些专抓黑巫师的猎手为什么都要搜查他的办公室呢？"

"克劳奇先生为什么要装病呢？"赫敏不理罗恩，自顾自地说，"他不能来参加圣诞舞会，却能在半夜三更随心所欲地溜到这里来，这真有些蹊跷，不是吗？"

"你就是因为那个小精灵闪闪才不喜欢克劳奇的。"罗恩说，一边给软垫念了个咒，软垫朝窗户飞去。

"你就是总以为斯内普想干坏事。"赫敏说，也给软垫念了个咒，她的软垫干净利落地飞进了箱子。

"我只想知道，如果这是斯内普的第二次机会，那么他原先究竟做了什么。"哈利板着脸说。他的软垫竟然径直飞过教室上空，稳稳地落在赫敏的那个软垫上面，这使他大为惊讶。

小天狼星希望了解霍格沃茨的每一个异常情况，因此，那天晚上，哈利派一只棕褐色猫头鹰给他送了封信，把克劳奇先生闯进斯内普办公室，以及穆迪和斯内普之间的对话，原原本本地告诉了他。然后，哈利把全部注意力都转向了眼下这个迫在眉睫的问题：二月二十四日那天，他怎样才能在水下存活一小时。

罗恩倾向于再一次使用召唤咒——哈利跟他们说过水肺的作用，罗恩认为哈利完全可以从附近的麻瓜城镇弄一套水肺过来。赫敏断然否定了这个建议，指出，即便哈利在规定的一小时内学会了怎样操作水肺（这是不可能的），他也肯定会被取消参赛资格，因为他违反了《国际魔法保密准则》——一套水肺嗖嗖地穿过乡村朝霍格沃茨飞来，要想不被麻瓜看见简直是白日做梦。

“当然啦，最理想的办法是让你自己变形，变成一艘潜水艇什么的。”赫敏说，“要是我们已经练习过人类变形就好了！可是六年级才讲到这个内容呢，而如果你没有完全掌握就擅自给自己变形，后果不堪设想……”

“是啊，我可不愿意脑袋上支棱着一个潜水望远镜走来走去。”哈利说，“我想我可以在穆迪面前进攻别人，这样他就会给我变形了……”

“不过，我认为他可不会让你想变成什么就变成什么。”赫敏严肃地说，“不行，我认为你最好还是用个咒语。”

就这样，哈利又一次埋头钻研那些布满灰尘的大部头书，寻找一个能使人在没有氧气的情况下存活的咒语，他想他很快就会厌烦图书馆，一辈子都不愿再进去了。在午饭时间、晚上和整个周末，他和罗恩、赫敏都泡在那里，苦苦搜寻——哈利还请麦格教授给他写了一张纸条，批准他使用禁书区的藏书，甚至还向那个长得像兀鹫的图书馆管理员平斯女士请求过帮助——然而，他们没有找到任何办法，可以使哈利在水下待一小时还能活着讲述自己的故事。

现在，哈利心头又笼罩着以前有过的那种紧张感了，又觉得上课很难集中思想了。那个大湖，哈利以前总拿它不当回事，把它看成是场地的一部分。现在每当他靠近教室的窗户，大湖就会吸引住他的视线，那一大片铁灰色的阴冷的湖面，它那黢黑而寒冷的水底像月亮一样遥不可及。

就像上次面对树蜂之前一样，时间又在哗哗地溜走，仿佛有人给钟表施了魔法，让它们转得飞快。离二月二十四日只有一个星期了（还有时间）……只有五天了（他肯定很快就会想出办法）……只有三天了（快让我想出办法吧……求求你了）……

只剩两天了，哈利又开始吃不下饭。星期一的早饭桌上，唯一令人宽慰的是他派去给小天狼星送信的棕褐色猫头鹰回来了。哈利抽出那张羊皮纸展开，看见的是小天狼星跟他通信以来写得最短的一封信。

派送回信的猫头鹰告知你们下次到霍格莫德过周末的日期。

哈利把羊皮纸翻过来看了看背面，希望能看到些别的，但背面什么也没有。

“下下个周末，”赫敏在哈利身后看了短信的内容，小声说道，“拿着——用我的羽毛笔，马上就派这只猫头鹰送回信。”

哈利把日期草草写在小天狼星回信的背面，把信系在棕褐色猫头鹰的腿上，看着它又飞走了。他原先指望得到什么呢？指望小天狼星告诉他如何在水下存活？他写信时只顾告诉小天狼星关于斯内普和穆迪的事了，把金蛋忘得一干二净，只字未提。

“他为什么想知道我们下次到霍格莫德过周末的具体日期呢？”罗恩问。

“不知道。”哈利干巴巴地说，他看见猫头鹰时内心闪过的短暂喜悦消失了，“走吧……去上保护神奇动物课。”

哈利不知道海格是为了弥补在炸尾螺上的过错，还是因为炸尾螺只剩了最后两条，或者是因为他想证明格拉普兰教授能做到的，他海格也照样能做到。反正，海格回来上课后，就把格拉普兰教授关于独角兽的课继续上了下去。结果证明，海格对独角兽的了解并不比他对怪兽的了解少，不过，他显然觉得独角兽没有獠牙是一件令人失望的事。

今天，他居然抓到了两只独角兽小崽。小崽与成年的独角兽不同，它们是纯金色的。帕瓦蒂和拉文德一看见它们，就高兴得发了狂似的，就连潘西·帕金森也不得不拼命掩饰，以免暴露自己是多么喜欢它们。

“小崽比成年的容易发现。”海格对全班同学说，“它们两岁左右变成银色，大约四岁的时候出角。直到成年后才会变成纯白色，那大约是在七岁左右。它们小的时候比较轻信……对男孩子不怎么反感……过来，靠近一点，你们如果愿意，可以拍拍它们……把这些方糖给它们吃几块……

“你没事吧，哈利？”海格趁大家都聚拢在独角兽小崽周围时，踱到一边，低声问道。

“没事。”哈利说。

“有点儿紧张，是吗？”海格说。

“有点儿吧。”哈利说。

“哈利，”海格说着，用粗重的手拍拍他的肩膀，压得哈利的膝盖直打弯，“在你对付那条树蜂前，我确实替你担心过，但我现在知道了，只要是你想做的事，没有做不成的。我一点也不担心了。你肯定会成功的。线索解出来了吗，嗯？”

哈利点了点头，但他尽管在点头，内心却产生了一种荒唐的冲动，想坦白承认自己不知道怎样在湖底下存活一小时。他抬头望着海格——也许海格有时候必须钻进水底，去对付湖里的动物？因为场地上的其他东西都是他负责照料的——

"你会赢的，"海格嗓音粗粗地说，又拍了拍哈利的肩膀——哈利觉得自己往松软的泥地里陷了两英寸，"我知道。我能够感觉到。你一定会赢的，哈利！"

哈利不忍心抹去海格脸上喜悦的充满信心的笑容。他假装对小独角兽很感兴趣，勉强对海格笑了笑，就走上前，和同学们一起去抚摸两个小崽了。

到了第二个项目的前一天傍晚，哈利觉得自己仿佛陷入了一场噩梦。他十分清楚，即使奇迹出现，他发现了一个合适的咒语，也很难在一夜之间掌握它。他怎么会让事情落到这步田地呢？他为什么不早点开始钻研金蛋提供的线索呢？他为什么在课堂上开小差——也许某个老师曾经提到过怎样在水下呼吸呢？

窗外的太阳渐渐西沉，他和赫敏、罗恩坐在图书馆里，心急火燎地翻阅一本本咒语书，每个人面前的桌上都堆着好几摞书，互相都看不见对方。每当哈利在书上看见"水"这个词，心都要狂跳一下，但再仔细一看，那上面经常是取两品脱水、半磅切碎的曼德拉草，再加一条水螈……

"我觉得这样行不通，"罗恩的声音干巴巴地从桌子那头传来，"什么都找不到。什么都没有。也许淘干咒还比较接近，把池塘、水坑的水淘干，但是你不可能有那么大力量，把整个湖里的水都淘干。"

“肯定有办法的。”赫敏低声嘟哝道，把一支蜡烛挪得更近了些。她的眼睛太疲劳了,不得不凑得很近,鼻子离书页只有一英寸,才能看清《被遗忘的古老魔法和咒语》上细密的小字。“他们不可能设计一个无法完成的项目。”

“他们会的。”罗恩说，“哈利，你明天就直接走到湖边，把脑袋扎进去，大声喊话，叫人鱼把偷的东西还给你，看他们会不会把它扔出来。这是你最好的办法了，伙计。”

“办法肯定有的！”赫敏急躁地说，“肯定有的！”

她似乎把图书馆缺乏有用资料看成是对她自己的侮辱，以前她的问题总能在书本里找到答案。

“我知道应该怎么做了。”哈利说，他脸朝下趴在《对付恶作剧的锦囊妙计》上，“我应该学会做一个阿尼马格斯，就像小天狼星那样。”

“对啊，你可以随心所欲地把自己变成一条金鱼！”罗恩说。

“或者一只青蛙。”哈利打了个哈欠。他太累了。

“成为阿尼马格斯要花好几年时间呢，然后你还要去登记，麻烦多着呢。”赫敏含混地说，她正眯着眼睛查找《古怪的魔法难题及其解答》的索引，“麦格教授告诉过我们，记得吗……你必须到禁止滥用魔法办公室登记……你要变成什么动物，有什么标记，这样才能防止滥用……”

“赫敏，我不过是开个玩笑，”哈利有气无力地说，“我知道我绝对不可能明天一早就变成一只青蛙……”

“哦，根本没有用，”赫敏说着，啪地合上《古怪的魔法难题及其解答》，“谁想使自己的鼻毛长成小卷卷呢？”

“我倒不反对，”弗雷德·韦斯莱的声音突然传来，“这可就成为别人的话题了，是不是？”

哈利、罗恩和赫敏抬起头。弗雷德和乔治刚从书架后面走出来。

“你们俩在这里做什么？”罗恩问。

“找你呀，”乔治说，“麦格叫你去，罗恩。还有你，赫敏。”

“干什么？”赫敏问，显得很吃惊。

“不知道……不过，她的样子怪严肃的。”弗雷德说。

“我们要把你们带到她的办公室去。”乔治说。

罗恩和赫敏望着哈利，哈利觉得心头一沉。麦格教授是不是要训斥罗恩和赫敏呢？也许她已经注意到他们在帮助他？他应该自己琢磨怎样完成比赛项目的呀！

“我们在公共休息室和你见面，哈利，”赫敏对哈利说，一边起身和罗恩一同离开——两人都显得非常紧张，“这些书，你能带回去多少就带回去多少，好吗？”

“好吧。”哈利说，心中惴惴不安。

八点钟的时候，平斯女士关掉所有的灯，过来把哈利赶出了图书馆。哈利抱着一大堆书，踉踉跄跄地回到格兰芬多公共休息室，走到墙角的一张桌子旁，又开始继续搜寻。《怪男巫的疯狂魔法》里什么也没有……《中世纪巫术指南》里什么也没有……在《十八世纪魔咒选》《地底深处的可怕动物》《你不知道自己所拥有的能力，以及你一旦明白后怎样运用它们》里，也没有一个字提到水下生存的办法。

克鲁克山爬到哈利的膝头，蜷缩着身体，香甜地打起了呼噜。

公共休息室里的人渐渐走光了。同学们临走时都祝他明天好运，口气和海格一样愉快而充满信心。显然，他们都相信他又要完成一个精彩绝伦的表演，就像在第一个项目中那样。哈利无法回答他们，只好点点头，觉得嗓子眼里仿佛塞了一个高尔夫球。十二点差十分的时候，休息室里只剩下他和克鲁克山了。他把所有的书都找了个遍，罗恩和赫敏还没有回来。

完了，他对自己说。你做不到了。你明天只好走到湖边，告诉裁判……

他幻想着自己在向裁判解释他无法完成这个项目。他想象着巴格曼睁圆了眼睛，一脸的惊讶；卡卡洛夫露出黄牙，幸灾乐祸地笑着。他几乎能听见芙蓉·德拉库尔的声音："我早就知道……他年纪太小了，还是个小男孩呢。"他看见马尔福在人群前面闪动着**波特臭大粪**的徽章，看见海格沮丧的难以置信的脸……

哈利忘记了腿上的克鲁克山，猛地站了起来。克鲁克山掉到地板上，气呼呼地嘶嘶叫着，厌恶地白了哈利一眼，迈着大步走开了，那条瓶刷子般的尾巴翘得高高的。但哈利已经匆匆登上旋转楼梯，回宿舍去了……他去拿隐形衣，然后再溜回图书馆，如果必要的话，他要在那里熬一个通宵……

"荧光闪烁。"十五分钟后，他打开图书馆大门时低声说道。

就着魔杖顶上发出的一点微光，他溜进书架间，抽下一本又一本书——关于魔法和咒语的书，关于人鱼和水下怪物的书，关于著名巫师的书，关于魔法发明的书，等等，只要可能有片言只语提及水下生存的书，他都抽出来了。他把这些书搬到一张桌子上，埋头啃读起来，靠着魔杖的那点微光，苦苦搜寻，偶尔看看手表……

凌晨一点……凌晨两点……唯一能使他坚持下去的，是他一遍又一遍地告诉自己：下一本书……在下一本书里……下一本……

级长洗澡间那幅画里的美人鱼在大笑。哈利像个软木塞一样，在靠近她躺着的那块岩石的泡泡浴液里一沉一浮，美人鱼把他的火弩箭高高举在他头顶上。

"过来拿呀！"她调皮地咯咯笑着，"过来，跳起来！"

"我过不去，"哈利喘着气说，他试着去抓火弩箭，并挣扎着不要沉下去，"还给我！"

可美人鱼只是一边大声嘲笑他，一边用扫帚尖戳他的身体，弄得他疼痛难忍。

"疼死了——别戳我——哎哟——"

"哈利·波特必须醒一醒了，先生！"

"别戳我——"

"多比必须戳哈利·波特，先生，他必须醒一醒了！"哈利睁开眼睛。他仍然在图书馆里，在他睡着时隐形衣已经从他头上滑落到地板上，他的面颊贴在《只要有魔杖，就有办法》的书页上。他坐起来，整了整眼镜，明亮的日光刺得他直眨眼睛。

"哈利·波特必须赶快了！"多比尖声尖气地说，"第二个项目还有十分钟就要开始了，哈利·波特——"

"十分钟？"哈利声音嘶哑地说，"十——十分钟？"

他低头一看表。多比没有说错。现在已经九点二十了。顿时，似乎有一块沉重的大石头从哈利的胸腔落进了胃里。

“快点儿，哈利·波特！”多比尖着嗓子说，一边拉着哈利的袖子，“你应该和其他勇士一起，到下面的湖边去，先生！”

“太晚了，多比，”哈利绝望地说，“我不做这个项目了，我不知道怎样——”

“哈利·波特会做这个项目的！”小精灵尖声说，“多比知道哈利没有找到合适的书，所以多比就替他找到了！”

“什么？”哈利说，“但你不知道第二个项目是什么——”

“多比知道，先生！哈利·波特必须到湖里去，找到他的韦崽——”

“找到我的什么？”

“——把他的韦崽从人鱼手里夺回来！”

“韦崽是什么？”

“你的韦崽，先生，你的韦崽——就是把自己的毛衣送给多比的那个韦崽！”

多比拉了拉他穿在短裤上面的那件缩小了的暗紫红色毛衣。

“什么？”哈利喘着气说，“他们抓走了……他们抓走了罗恩？”

“那是哈利·波特最舍不得的东西，先生！”多比尖声说，“‘过了一小时——’”

“——‘便希望全无，’”哈利背诵道，一边惊恐地瞪着小精灵，“‘它已彻底消逝，永不出现。’多比——我怎么办呢？”

“你必须把这个吃下去，先生！”小精灵尖声说着，把手伸进短裤口袋，掏出一团东西，像是无数根滑溜溜的灰绿色老鼠尾巴，“就在你下水前吃，先生——鳃囊草！”

“做什么用的？”哈利盯着鳃囊草，问道。

“它可以使哈利·波特在水下呼吸，先生！”

“多比，”哈利欣喜若狂地说，“听着——你真的有把握吗？”

他无法彻底忘记多比上次对他的“帮助”，当时害得他右胳膊里的骨头全失去了。

“多比绝对有把握，先生！”小精灵认真地说，“多比能听见一些事情，先生，多比是个家养小精灵，他生火和拖地板时，走遍了城堡的每个角落。多比听见麦格教授和穆迪教授在教工休息室里谈论下一个项目……多比不能让哈利·波特失去他的韦崽！”

哈利的疑虑一扫而光。他一跃而起，脱掉隐形衣，胡乱地塞进书包，又抓过鳃囊草装进口袋，然后大步走出图书馆，多比紧紧跟在后面。

“多比应该到厨房去了，先生！”他们匆匆来到走廊上时，多比尖声说道，“他们会找多比的——祝你好运，哈利·波特。先生，祝你好运！”

“再见，多比！”哈利喊道，然后飞快地冲过走廊，一步三级地奔下楼梯。

门厅里还剩下最后几个拖拉的人，他们都已吃过早饭，正穿过两扇橡木大门，出去观看第二个项目。他们吃惊地望着哈利闪电般地跑过，他跳下石阶时，把科林和丹尼斯·克里维兄弟俩撞得飞了起来。他终于来到了外面阳光明媚却寒冷的场地上。

哈利顺着草坪往下跑时，看见去年十一月火龙围场四周的那些座位，现在一层层地排在了湖对岸，已经是座无虚席，在下面的湖里映出倒影，人群的喧闹声虚幻地在湖面上回荡着。哈利拼命绕过湖，朝裁判们跑去，他们坐在水边另一张铺着金黄色桌布的桌子旁。塞德里克、芙蓉和克鲁姆站在裁判桌旁，望着哈利全速向他们奔来。

“我……我来了……”哈利上气不接下气地说，在泥地里一滑，停住了脚步，不小心把芙蓉的长袍溅脏了。

“你上哪儿去了？”一个盛气凌人的声音不满地说，“比赛马上就要开始了！”

哈利转过头。珀西·韦斯莱坐在裁判桌旁——克劳奇先生又没能来。

“好了，好了，珀西！”卢多·巴格曼说，他看到哈利，似乎心中的一块石头落了地，“让他喘口气吧！”

邓布利多朝哈利微笑，但卡卡洛夫和马克西姆女士却似乎很不高兴看见他……从他们脸上的表情看，他们显然以为哈利不会露面了。

哈利弯下腰，用手扶着膝盖，大口地喘着气。他胸腹一侧突然剧痛难忍，好像一把刀子插进了他的肋骨间，可是来不及缓解这种疼痛了。卢多·巴格曼已经来到勇士们中间，吩咐他们在岸边一字排开，每人间隔十英尺。哈利排在最后一个，紧挨着克鲁姆。克鲁姆穿着游泳裤，已经拿出魔杖，做好了准备。

“怎么样，哈利？”巴格曼领着哈利又往前走了几步，避开克鲁姆，小声问道，“知道自己要做什么吗？”

“知道。”哈利喘着气说，一边按摩着肋骨。

巴格曼用力捏了一下哈利的肩膀，反身回到了裁判桌旁。他用魔杖指着自己的喉咙，就像在世界杯赛上那样，说了句："声音洪亮！"于是他的声音就像雷鸣一样，掠过暗黑色的湖面传到看台上。

"大家听好，我们的勇士已经各就各位。我一吹口哨，第二个项目就开始。他们有整整一小时的时间，夺回他们被抢走的东西。我数到三。一……二……三！"

尖厉的口哨声在寒冷静止的空气中回响。看台上爆发出一阵欢呼和掌声。哈利没有观望其他勇士在做什么，他只顾三下两下脱掉鞋袜，从口袋里掏出那一把鳃囊草，塞进嘴里，然后蹚水走进湖中。

真冷啊，他觉得双腿的皮肤火辣辣地疼，好像他蹚着的是火，而不是冰冷的水。越往前走，湖水越深，湿透的长袍重重地往下坠着。现在湖水已经没过膝盖，两只迅速麻木的脚踩在泥沙和光溜溜黏糊糊的石子上，不停地打滑。他飞快地使劲嚼着鳃囊草，那感觉不太好，韧韧的、滑腻腻的，像章鱼的触手。他在齐腰深的水里停住脚步，把鳃囊草咽了下去，等待奇迹的发生。

他听见观众席上传来笑声，知道自己的样子一定很蠢，就这样走进湖里，没有表现出任何魔法本领。下半身已经浸在寒冷刺骨的湖水中，凛冽的寒风毫不留情地吹动着他的头发，他剧烈地颤抖起来。他身体没有沾水的部分起满了鸡皮疙瘩，他故意不去看观众。笑声更响了，其中还夹杂着斯莱特林们的嘘声尖叫和嘲笑……

接着，突如其来地，哈利觉得似乎有一个看不见的枕头压住了他的嘴和鼻子。一吸气，只觉得脑子里天旋地转。他肺里空空的，脖子两侧突然一阵刀割般的剧痛——

哈利赶紧用两手抓住喉咙，摸到耳朵下有两道狭长的裂缝，在寒冷的空气里一开一合……他有鳃了！他没有犹豫，采取了唯一合理的举动——一头钻进了水里。

吸进第一口冰冷的湖水，就像获得了生命所需的氧气。他的脑袋不再天旋地转。他又使劲吸了一口湖水，感觉水从他的鳃里顺畅地流过，把氧气输送进大脑。他把双手伸到面前，仔细打量。它们在水下显得有些发绿，样子怪可怕的，而且手指间有蹼连着。他转过头去看自己光裸的脚——脚变长了，脚趾间也有蹼连着，就好像他的脚突然变成了鸭蹼。

湖水不再冰冷刺骨……相反，他觉得很凉爽，很舒服，身体也变得非常轻盈……哈利继续向前划水，惊喜地发现两只带蹼的脚能使他在水中前进得这么远，这么快。他还发现，似乎根本不需要眨眼睛就可以看得清清楚楚了。很快，他就游出很远，再也看不见湖底。他翻了一个身，朝湖的深处扎下去。

他在一片黑乎乎、朦朦胧胧的奇异景色中游来游去，耳边一片寂静。他只能看见方圆十英尺内的情景，因此，他在水里每划行一下，就有崭新的景色从前面的黑暗中突然浮现：波动、缠结的黑色水草构成的丛林，散落着亮晶晶的小石子的宽阔平整的泥沙。他越游越深，朝着湖中央前进。他的眼睛睁得大大的，目光穿透灰亮、诡谲的湖水，望着远处的黑影，那里的湖水是阴暗朦胧的。

小鱼儿轻捷地游过他身边，像一支支银色的飞镖。有一两次，他仿佛看见了一个大家伙正在前面移动，但等游近了一看，才发现不过是一根黑乎乎的大木头，或是一团茂密纠结的水草。看不见其他勇士、人鱼和罗恩——谢天谢地，也没有看见巨乌贼。

他使劲往远处看，前面是一片碧绿的水草，有两英尺深，真像一片过于茂密的草坪。哈利两眼一眨不眨地望着前面，竭力辨认阴影中的形体……就在这时，没有一点儿防备地，他的脚脖子突然被什么东西抓住了。

哈利扭动着转过身体，看见了一个格林迪洛——一个头上长角的水怪，从水草中探出身体，长长的指甲紧紧抓住哈利的腿，嘴里露出尖尖的长牙——哈利赶紧把带蹼的手伸进长袍，摸他的魔杖。他刚抓到魔杖，又有两个格林迪洛从水草里钻了出来，抓住哈利的长袍，拼命把他往下拉。

“力松劲泄！”哈利喊道，可是并没有发出声音……一个大水泡从嘴里冒了出来，他的魔杖没有朝格林迪洛喷出火花，而似乎用一道沸腾的水柱射向了它们，只见它们身上被水柱击中的地方，绿色的皮肤顿时变得通红。哈利把脚从格林迪洛的纠缠中挣脱出来，奋力向前游去，不时地又朝身后放出一些滚热的水柱。偶尔，他感到一个格林迪洛又抓住了他的脚，便用力把它踢走。最后他觉得自己的脚碰到了一个带角的脑袋，低头一看，一个被踢昏了的格林迪洛两眼发直，顺水漂去，它的同伴朝哈利挥了挥拳头，隐到水草中去了。

哈利放慢速度，把魔杖塞回长袍里，环顾四周，仔细倾听。他在水里转了个三百六十度，只感到寂静压迫着他的耳膜。他知道自己一定在很深的湖底了，但是周围除了随着水流起伏的水草，没有任何活动的东西。

“你进展如何啊？”

哈利以为自己犯了心脏病。他猛地转过身，模模糊糊地看见哭泣的桃金娘在他前面漂动，透过厚厚的珍珠色镜片望着他。

“桃金娘！”哈利想喊——但是仍然发不出声音，嘴里只冒出一个很大的水泡。哭泣的桃金娘居然咯咯地笑出了声。

“你应该到那边去试试！”她指了指，说道，“我不陪你去了……我不大喜欢他们，每次我一靠近，他们就过来追我……”

哈利朝她竖起两个大拇指表示感谢，然后又出发了，这次他注意游得高一些，远离那些水草，以免遭到格林迪洛的暗算。

他又游了至少二十分钟。现在水底是大片大片的黑色淤泥，湖水因为他的搅动泛起了黑乎乎的水涡。过了好久，他终于听见了人鱼那令人难忘的歌声。

> 只有一个钟头的时间，
> 要寻找和夺回我们拿走的物件……

哈利游得更快了，不一会儿，他就看见前面浑浊的湖水里出现了一块大岩石，上面绘着许多人鱼，他们手里拿着长矛，正在追逐着一些看上去像是巨乌贼的东西。哈利从岩石旁游过，追寻着人鱼的歌声。

> ……别再拖延，时间已过去一半，
> 以免你寻找的东西在这里腐烂……

突然，四下里赫然出现许多粗糙的石头蜗居，上面斑斑点点地沾着水藻。哈利看见那些黑乎乎的窗户里有一些面孔……这些面孔与级长洗澡间里那幅画上的人鱼完全不一样……

这些人鱼的皮肤呈铁灰色，墨绿色的头发长长的，蓬蓬乱乱。他们的眼睛是黄色的，残缺不全的牙齿也是黄色，脖子上戴着用粗绳子串起的卵石。哈利游过时，他们不怀好意地朝他笑着。有一两个为了看得更清楚些，还从洞穴里跑出来，手里拿着长矛，用粗壮有力的银色鱼尾拍击着湖水。

哈利飞快地向前游去，一边环顾四周。很快，石头蜗居越来越多，有些蜗居周围还带有水草花园。他甚至还看见一扇门前拴着一个小格林迪洛。人鱼从四面八方涌现，都好奇地望着他，冲着他长蹼的手和鳃囊指指点点，并用手掩着嘴窃窃私语。哈利迅速转了个弯，眼前出现了一片十分奇特的景象。

这地方似乎是人鱼小村庄的广场，四周坐落着一些房子，房子前面漂浮着一大群人鱼。中间有一些人鱼在齐声歌唱，呼唤勇士过去。他们身后耸立着一座粗糙的雕像：一个用巨石雕刻成的大人鱼。在人鱼石像的尾巴上，牢牢地捆绑着四个人。

罗恩被拴在赫敏和秋·张之间。另外还有一个最多八岁的小姑娘，那一头云雾般的银发使哈利确信她是芙蓉·德拉库尔的妹妹。他们四个看上去都睡得很沉，脑袋无力地耷拉在肩膀上，嘴里不停地冒出一串细细的水泡。

哈利奋力朝人质游去。他以为人鱼会把长矛横过来朝他进攻，但他们并没有这样做。把人质拴在雕像上的绳子是水草编的，又粗又滑，非常结实。哈利脑海里闪过一个念头，想起了小天狼星圣诞节给他买的那把小刀——锁在四分之一英里外城堡中他的箱子里呢，完全派不上用场。

他看了看旁边。人质周围的许多人鱼手里都拿着长矛。他飞快地朝一个长着绿色长胡子、戴着鲨鱼牙齿做的短项链的七英尺高的人鱼游去，比比画画地要求借它的长矛一用。人鱼哈哈大笑，摇了摇头。

“我们不能帮忙。”人鱼用沙哑低沉的声音说。

“拿过来！”哈利恶狠狠地说（但嘴里只冒出一些水泡），他使劲想从人鱼手里夺过长矛，但人鱼把长矛拽了回去，仍然摇着头，哈哈大笑。

哈利在水里转了个身，朝四下张望着。需要一个锋利的东西……什么都行……

湖底散落着一些岩石。他俯冲下去，抓起一块特别尖的，回到雕像旁边。他用石头拼命砍砸捆绑罗恩的绳子，几分钟后，绳子被砸断了。罗恩神志不清地浮在湖底上方几英寸的地方，随着水波漂来荡去。

哈利看看四周。不见其他勇士的影子。他们在磨蹭什么呢？为什么不抓紧一些？他回到赫敏身边，又举起尖石头，开始砍砸赫敏身上的绳子——

立刻，好几双粗壮的灰色大手抓住了他。六七个人鱼把他从赫敏身边拽开，他们摇着绿头发的脑袋，哈哈大笑。

“你只能带走你自己的人质，”其中一个对他说，“别管其他人……”

“不行！”哈利气愤地说——但嘴里只冒出两个大气泡。

“你的项目是救出你自己的朋友……别管其他人……”

“她也是我的朋友！”哈利指着赫敏嚷道，一个银色的大气泡无声地从他嘴唇间冒出来，“而且我也不希望她们死掉！”

秋·张的脑袋靠在赫敏肩上，那个银色头发的小姑娘脸色发青，看上去毫无生气。哈利挣扎着想摆脱人鱼，但他们笑得更厉害了，又把他拉了回去。哈利绝望地看着四周。其他勇士都上哪儿去了？如果他把罗恩送到水面，再回来解救赫敏和其他人，还来得及吗？他还能找到她们吗？他低头看了看表，想知道还剩多少时间——表停了。

就在这时，周围的人鱼突然兴奋地指着他的脑袋上方。哈利一抬头，看见塞德里克正朝他们游来。他脑袋周围有一个巨大的气泡，使他的五官看上去都被拉长加宽了，显得非常滑稽。

“迷路了！”他用口型说，神情十分慌张，“芙蓉和克鲁姆也快过来了！”

哈利觉得一块石头落了地，他看着塞德里克从口袋里掏出一把小刀，割断绳子，救出了秋·张。他拉着秋·张往上游去，很快就不见了。

哈利环顾四周，等待着。怎么不见芙蓉和克鲁姆呢？时间不多了，根据那首歌里唱的，过了一小时，人质就永远找不回来了……

人鱼突然欢快地尖叫起来。那些抓住哈利的人鱼松开了手，扭头向后张望。哈利转过身，看见一个庞然大物正朝他们游来，下面是人的身体，穿着游泳裤，上面是鲨鱼的脑袋……是克鲁姆。看来他想给自己变形来着——可是不太成功。

半人半鲨鱼的克鲁姆径直游向赫敏，对着她身上的绳子又扯又咬，问题是克鲁姆的新牙齿结构古怪，凡是比海豚小的东西，他咬起来都很别扭，而且哈利可以断定克鲁姆的动作要是有个不小心，就要把赫敏撕成两半了。哈利冲上前去，重重地拍了一下克鲁姆的肩膀，举起那块尖石头。克鲁姆一把抓过去，开始砍砸赫敏身上的绳子。几秒钟后，他成功了。他抓住赫敏的腰，没有再回头望一眼，就带着她迅速升向水面。

现在怎么办呢？哈利焦急地想。只要能确信芙蓉正在赶来……怎么还不见她的影子啊。没有别的办法，只有……

他抓起克鲁姆扔下的那块石头，但是人鱼纷纷围拢在罗恩和小姑娘身边，对哈利拼命摇头。

哈利拔出魔杖。“闪开！”

他嘴里只冒出一串气泡，但他清楚地意识到人鱼们明白了他的意思，因为他们突然都不笑了，一双双黄眼睛盯着哈利的魔杖，显出很害怕的样子。他们人多势众，他孤身一人，但哈利从他们脸上的神情看出，他们和巨乌贼一样，对魔法一窍不通。

“我数到三！”哈利喊道，一大串气泡从嘴里喷出，他竖起三根手指，确保他们明白他的意思，“一……”（他放下一根手指）“二……”（他又放下一根手指）——

人鱼散开了。哈利冲上前，开始砍砸把小姑娘捆在雕像上的绳子，终于，她也自由了。哈利拦腰抱起小姑娘，抓住罗恩长袍的领子，两腿一蹬，离开了水底。

他前进得真慢啊。他没法再用带蹼的双手来推动身体向前；他拼命拍打带蹼的双脚，但罗恩和芙蓉的妹妹像两只装满土豆的口袋，拖着他往下沉……他眼睛望着上空，知道自己一定还在很深的水下，水面望上去还是漆黑一片……

人鱼和他一起游了上来。他看见他们轻快自如地在周围游来游去，望着他在水里挣扎……是不是时间一到，他们就会把他拉回到水底？他们会不会吃人？哈利使出吃奶的力气游着，最后两条腿都发僵了，肩膀也因为罗恩和小姑娘的拖累而痛得要命……

他越来越喘不上气。脖子两侧又感到疼痛难忍……他开始非常清楚地意识到，他嘴里的湖水是多么潮湿……不过沉甸甸的黑色已经越来越淡……他可以看见上面的天光了……

他用带蹼的双脚奋力踢蹬，却发现它们又变成了普通的脚……水从他的嘴里涌进肺中……他开始感到晕晕乎乎，但知道日光和空气就在十英尺的上方……他一定要到达那里……一定……

哈利踢蹬着双腿，速度那么快，用了那么大的力气，肌肉似乎都在尖叫着发出抗议了；他的脑袋里仿佛也浸满了水，他喘不上气来，他需要氧气，他必须前进，不能停止——

突然，他感到自己的头猛地露出了水面；美妙、清新、凉爽的空气拂过他潮湿的脸庞，他感到隐隐作痛；他大口地吞咽着空气，觉得自己一辈子都没有好好呼吸过，他一边喘着气，一边拉着罗恩和小姑娘继续向前。在他周围，许多绿发蓬乱的脑袋和他一起冒出水面，但他们都对他善意地微笑着。

看台上人声鼎沸，又叫又嚷，似乎一个个全都站了起来。哈利猜想他们大概以为罗恩和小姑娘都死了，但他们错了……罗恩和小姑娘双双睁开了眼睛。小姑娘看上去惊恐而迷茫，罗恩只是吐出一大口湖水，在明亮的光线下眨了几下眼睛，便转向哈利说：“全湿透了，是不是？”接着他看见了芙蓉的妹妹，“你把她也弄上来干什么？”

“芙蓉没有出现，我不能把她撇在下面。”哈利喘着气回答。

“哈利，你这个傻瓜，”罗恩说，“你该不会把那首歌当真了吧？邓布利多不会让我们哪一个人淹死的！”

“那首歌里说——”

“那只是为了让你们在规定时间里回来！”罗恩说，“但愿你在下面没有因为逞英雄而耽误时间！”

哈利觉得又泄气又恼火。对罗恩来说这一切都没什么，他睡着了，他感觉不到湖底下多么阴森恐怖，周围都是拿着长矛的人鱼，一个个都像是杀人的老手。

“好了，”哈利没好气地说，“帮我拉她一把，她可能不大会游泳。”

他们拖着芙蓉的妹妹，蹚水走向岸边。裁判们都站在那里望着，二十个人鱼像仪仗队一样陪伴着他们，嘴里尖声尖气地唱着难听的歌。

哈利可以看见庞弗雷女士大惊小怪地围着赫敏、克鲁姆、塞德里克和秋·张团团转，他们都裹着厚厚的毯子。哈利和罗恩游近岸边时，邓布利多和卢多·巴格曼微笑地望着他们，珀西脸色煞白，看上去年龄比平常小了好几岁，急不可耐地冲过来迎接他们。与此同时，马克西姆女士正在使劲拉住芙蓉·德拉库尔。芙蓉完全歇斯底里了，拼命挣扎着要往水里扑。

“加布丽！加布丽！她还活着吗？她受伤了吗？”

“她很好！”哈利想告诉芙蓉，但他太疲劳了，连话都说不出，更别说大声喊叫了。

珀西抓住罗恩，把他拽到岸上（“放开，珀西，我没事！”）；邓布利多和巴格曼把哈利拉了起来；芙蓉挣脱了马克西姆女士的阻拦，一把搂住了妹妹。

“是格林迪洛……那些格林迪洛朝我进攻……哦，加布丽，我以为……我以为……”

“你们都到这儿来。”庞弗雷女士说。她抓住哈利，把他拉到赫敏和其他人身边，用一条毯子严严实实地裹住他，哈利觉得自己仿佛穿上了束缚犯人和疯子的约束衣。庞弗雷女士还把一种火辣辣的药剂强行灌进他嘴里，顿时就有热气从他耳朵里冒了出来。

“哈利，干得好！”赫敏喊道，“你成功了，完全是自己解决的！”

“其实——”哈利说。他刚想跟赫敏说说多比的事，但一转眼看见卡卡洛夫正盯着自己。几个裁判中，唯有他没有离开桌子，也唯有他看见哈利、罗恩和芙蓉的妹妹平安回来后，没有露出喜悦和宽慰的表情。“是啊，没错。”哈利改口说，并故意提高一点声音，好让卡卡洛夫听见。

“你头发里有一只水甲虫，赫—米—恩。”克鲁姆说。

哈利感到克鲁姆是想把赫敏的注意力吸引到自己身上，也许是为了提醒赫敏刚才是他把她从湖底救上来的。但是赫敏不耐烦地拂去水甲虫，说道：“可是，哈利，你超过时间了……你花了很长时间才找到我们吗？”

“没有……我找到你们并不算晚……”

哈利越来越觉得自己真是傻透了。现在他离开了水面，便完全清楚邓布利多肯定布置了有效的安全防御措施，不会允许人质因为勇士没有露面而丧生的，这是明摆着的呀。他为什么不能抓起罗恩就走呢？他完全可以第一个回来的……塞德里克和克鲁姆就没有浪费时间替别人操心，他们没有把人鱼的歌当真……

邓布利多蹲在水边，正在和那个首领模样的特别粗野凶狠的女人鱼密切交谈。邓布利多发出了人鱼在水面上发出的那种尖厉刺耳的声音，显然，他也会说人鱼的话。最后，他站直身子转向其他裁判，说道："先开个碰头会再打分吧。"

几个裁判聚在一起。庞弗雷女士从珀西紧紧拽着的手里抢出罗恩，把他领到哈利和其他人身边，给了他一条毯子和一些提神剂，然后又过去领来芙蓉和她的妹妹。芙蓉的脸上和胳膊上左一道右一道都是伤痕，袍子也撕破了，但她似乎毫不介意，也不让庞弗雷女士替她清理。

"去照料加布丽吧，"她对庞弗雷女士说，接着又转向哈利，"你救了她，"她激动得几乎喘不上气，"尽管她不是你的人质。"

"是啊。"哈利说。他现在真希望自己当时别管那三个姑娘，就让她们拴在石雕像上好了。

芙蓉低下头，在哈利的每边面颊上各亲了两口（哈利觉得脸上像着了火似的，如果他耳朵里再冒出热气，他一点也不会感到奇怪），然后又对罗恩说："还有你——你也帮了忙——"

"是啊。"罗恩说，一副满怀期望的样子，"是啊，帮了一点儿忙——"

芙蓉扑过来，也亲了罗恩几口。赫敏看上去气得要命，但就在这时，卢多·巴格曼那被魔法放大的声音在他们耳边突然响起，把他们吓了一跳，也使看台上的观众顿时安静下来。

“女士们，先生们，我们终于做出了决定。人鱼女首领默库斯把湖底下发生的一切原原本本告诉了我们，我们决定在满分为五十分的基础上，给各位勇士打分如下……

“芙蓉·德拉库尔尽管表现出对泡头咒的出色运用，但在接近目标时遭到格林迪洛的攻击，未能成功解救人质。我们给她二十五分。”

看台上传来一片掌声。

“我应该得零分的。”芙蓉摇了摇她优美的头，声音沙哑地说。

“塞德里克·迪戈里也采用了泡头咒，他是第一个带着人质返回的，但是在规定的一小时外超出了一分钟。”人群中赫奇帕奇的学生们热烈欢呼，声音震耳欲聋。哈利看见秋·张用欣喜的目光望了塞德里克一眼。“因此，我们给他四十七分。”

哈利的心往下一沉。如果塞德里克都超过了规定时间，他肯定也超时了。

“威克多尔·克鲁姆运用了变形术，虽不完整，但仍然很有效，他是第二个带着人质返回的。我们给他四十分。”

卡卡洛夫巴掌拍得格外起劲，一副得意扬扬的样子。

“哈利·波特服用了鳃囊草，取得了惊人的效果。”巴格曼继续说道，“他最后一个返回，远远超过了一小时的规定时间。然而，人鱼女首领告诉我们，波特先生是第一个找到人质的，他没能及时返回，是因为他要确保所有的人质都平安回来，而不是只关心他自己的人质。”

罗恩和赫敏都半是气恼半是同情地望了哈利一眼。

“大多数裁判，”说到这里，巴格曼非常不满地扫了卡卡洛夫一眼，“觉得这充分体现了高尚的道德风范，值得满分。然而……波特先生的分数是四十五分。”

哈利的心欢跳起来——他现在与塞德里克并列第一位。罗恩和赫敏惊讶极了，呆呆地望着哈利，随即开心地哈哈大笑，和其他观众一起拼命鼓起掌来。

“真有你的，哈利！”罗恩在喧哗声中扯着嗓子喊道，“原来你不是犯傻啊——你是在表现道德风范！”

芙蓉也用力拍着巴掌，但是克鲁姆显得很不高兴。他又想跟赫敏搭话，但赫敏只顾为哈利欢呼喝彩，根本不理睬他。

“第三个，也是最后一个项目将在六月二十四日傍晚进行，”巴格曼继续说道，“勇士们将提前一个月得知项目的具体内容。感谢大家对勇士们的支持。”

结束了，哈利迷迷糊糊地想，这时庞弗雷女士开始护送勇士和人质们返回城堡，去换干爽的衣服……结束了，他通过了……什么也不用操心了，直到六月二十四日……

哈利踏上进入城堡的石阶时，心里想道，下次再去霍格莫德村，一定要给多比买一大堆袜子，让他一年到头每天都能穿上新袜子。

第 27 章

大脚板回来了

第二个项目结束后，最美妙的一件事就是大家都急于知道湖底下到底发生了什么事，这也就意味着罗恩平生第一次和哈利一样，成了人们关注的中心。哈利注意到，罗恩把故事讲了一遍又一遍，每次都略有不同。起初，他说的还算符合事实，跟赫敏的说法大致相同——在麦格教授的办公室里，邓布利多用魔法给人质催眠，并首先向他们保证，说绝对没有危险，而且一出水面就会醒来。然而一星期后，罗恩却讲起了一个惊心动魄的绑架故事，说他怎样赤手空拳地跟五十个全副武装的人鱼搏斗，他们要先迫使他就范，然后才把他捆绑起来。

现在罗恩变得这样引人注目，帕德玛对他热情多了，每次在走廊上遇见，她总是主动找罗恩说话。“没关系，我把魔杖藏在袖子里呢，”他向帕德玛·佩蒂尔保证道，“只要我愿意，我就能把那些人鱼傻瓜制服。”

“你想怎么做呢？冲他们打呼噜吗？”赫敏尖刻地说。她成了威克多尔·克鲁姆最心爱的宝贝，大家整天拿这件事来取笑她，所以她现在脾气非常暴躁。

罗恩的耳朵红了，从这以后，他的故事又回到了被魔法催眠的那个版本。

进入三月后，天气变得干燥了一些，但每次来到外面的场地上，凛冽的寒风仍然吹得他们的手和脸生疼。猫头鹰们不能及时把信送来，因为狂风总是把它们吹得偏离目标。哈利之前派出一只棕褐色猫头鹰去给小天狼星送信，把周末去霍格莫德村的日期告诉了他。那只猫头鹰在星期五的早饭时间出现了，身上一半的羽毛都被风吹得东倒西歪。哈利刚把小天狼星的信扯下来，猫头鹰就急忙飞走了，显然是害怕再被派出去送信。

小天狼星的信几乎和上一封一样短。

星期六下午两点在霍格莫德村外（经过德维斯—班斯店）道路尽头的栅栏旁。尽量多带些吃的。

“他难道去了霍格莫德？”罗恩难以置信地说。

“看来是这样，不是吗？”赫敏说。

“真不敢相信，”哈利紧张地说，“如果他被抓住……”

“到目前为止他还是安全的，对吧？”罗恩说，“而且现在不像过去那样，到处都挤满摄魂怪了。”

哈利折起信，沉思着。说句老实话，他真的很渴望再见到小天狼星。下午，他去上最后一堂课——两节连在一起的魔药课。当他顺着台阶走向地下教室时，感觉心情比平时愉快多了。

马尔福、克拉布和高尔站在教室外，和那帮以潘西·帕金森为首的斯莱特林女生们聚在一起。他们都在看什么东西（哈利看不见那是什么），一个个咯咯地笑得开心极了。哈利、罗恩和赫敏走近时，潘西兴奋地把她那张狮子狗似的脸从高尔肥阔的后背旁探了出来。

"他们来了，他们来了！"她咯咯笑着说，聚成一堆的斯莱特林们散开了。哈利看见潘西手里拿着一份杂志——《女巫周刊》。封面上的活动照片是一个鬈发女巫，她咧嘴笑着，露出满口的牙齿，用魔杖指着一块大大的海绵状蛋糕。

"你在里面会找到你感兴趣的东西，格兰杰！"潘西大声说，把杂志扔给了赫敏。赫敏伸手接过，显得有些惊慌。就在这时，地下教室的门开了，斯内普招呼大家进去。

赫敏、哈利和罗恩像往常一样走向教室后面的一张桌子。斯内普刚转身在黑板上写出今天要制作的魔药的配料，赫敏就急忙在桌子底下翻开那本杂志。终于，赫敏在杂志中间发现了要找的东西。哈利和罗恩也凑了过去。在哈利的一张彩色照片下面，是这样一篇短文：

哈利·波特的秘密伤心史

他或许是一个与众不同的男孩——但他同样经历着青春期男孩常有的痛苦。丽塔·斯基特报道。在痛失双亲之后，十四岁的哈利·波特以为他终于在霍格沃茨，在那个与他形影相伴的女朋友——麻瓜家庭出身的赫敏·格兰杰身上，找到了感情的慰藉，但他哪里想到，在他已然历经很多伤痛的生命里，很快又要遭受另一次感情创伤。

格兰杰小姐是一个长相平平但野心勃勃的姑娘，似乎对大名鼎鼎的巫师情有独钟，但哈利一个人满足不了她的胃口。自从保加利亚队找球手、上届世界杯赛的英雄威克多尔·克鲁姆来到霍格沃茨后，格兰杰小姐就一直在玩弄两个男孩的感情。克鲁姆显然已被狡猾的格兰杰小姐弄得神魂颠倒，他已邀请她暑假去保加利亚，并坚持说他“从没对其他女孩有过这种感觉”。

不过，使这些不幸的男孩如此痴迷的恐怕并不是格兰杰小姐的天生丽质。

“她真的很丑，”潘西·帕金森说，她是一个漂亮活泼的四年级女生，“她很可能制作了一种迷情剂，她脑子挺机灵的。没错，我认为她就是这么做的。”

在霍格沃茨，迷情剂自然属于被禁止之列，阿不思·邓布利多无疑需要认真调查此事。与此同时，对哈利·波特存有良好愿望的人们希望，下次他再奉献真情时，一定要挑选一个更有价值的候选人。

“我告诉过你！”罗恩小声对低头看文章的赫敏说，“我告诉过你，别去招惹丽塔·斯基特！她把你丑化成了那种——那种荡妇！”

赫敏脸上惊讶的表情不见了，她嘲讽地大笑起来。

“荡妇？”她重复了一遍，一边扭头望着罗恩，拼命忍住笑，浑身直颤。

“我妈妈就是这样称呼她们的。”罗恩喃喃地说，耳朵红了。

“如果丽塔充其量就会玩这一手，那她可没有显出多少本事，”赫敏说，仍然咯咯笑着，随手把那本《女巫周刊》扔到旁边的空椅子上，“整个儿一堆破烂。”

她抬头望着那些斯莱特林的学生，他们都远远地注视着她和哈利，看他们读了文章是不是很恼火。赫敏对他们露出讽刺的笑容，还朝他们挥了挥手，接着，她和哈利、罗恩开始取出制作增智剂所需要的配料。

“不过，事情有些古怪，”十分钟后，赫敏举着捣锤，停在一碗圣甲虫上，说道，“丽塔·斯基特怎么会知道……？”

“知道什么？”罗恩迅速问道，“莫非你真的在炮制迷情剂？”

“别说傻话，”赫敏不耐烦地说，又开始捣她的甲虫，“不对，真奇怪……她怎么会知道威克多尔邀请我暑假去拜访他呢？”

赫敏说这话时，满脸羞得通红，而且打定主意避开罗恩的目光。

“什么？”罗恩说，当啷一声，他的捣锤重重地掉在桌上。

“他把我从湖里一拉上来，就对我发出了邀请，”赫敏低声道，“那时他刚刚除掉了他的鲨鱼头。庞弗雷女士把毯子发给我们俩，这时克鲁姆就把我拉到一边，不让裁判们听见，他说，如果我暑假没有别的事情，是不是愿意——”

“你是怎么说的？”罗恩问。他已经捡起捣锤，在桌子上胡乱地捣着，离他的碗还差着六七寸呢，因为他心不在焉，眼睛一直望着赫敏。

“而且，他确实说过他从没对别人有过这种感觉，”赫敏继续说道——脸红得像着了火似的，哈利简直能感觉到她身上散出的热气，“可是丽塔·斯基特怎么会听见他说的话呢？她当时并不在场……难道她在场？也许她也有一件隐形衣，也许她偷偷溜到了场地上，观看第二个项目……”

“你是怎么说的？”罗恩追问道，把捣锤重重地砸下去，把桌面砸出了一个小坑。

“噢，我当时只顾看你和哈利是不是平安——”

“格兰杰小姐，尽管你的社交生活丰富多彩，”后面突然传来一个冷冰冰的声音，把他们三人都吓了一跳，“但我必须警告你，不许在我的课堂上交头接耳。格兰芬多扣掉十分。”

斯内普趁他们谈话的当儿，悄没声儿地走到他们的桌子旁。全班同学都回过头来望着他们。马尔福抓住这个机会，从教室那头把**波特臭大粪**的徽章对准了哈利，一闪一闪的。

“呵……还躲在桌子底下看杂志？”斯内普又说道，一把抓过那本《女巫周刊》，“格兰芬多再扣掉十分……不过，当然啦……”斯内普的目光落到丽塔·斯基特的那篇文章上，黑眼睛顿时冒出光来，“波特需要收集剪报嘛……”

地下教室里哄响着斯莱特林们的笑声，斯内普的薄嘴唇也扭动着，露出一个不怀好意的笑容。令哈利大为恼火的是，斯内普居然大声念起了那篇文章。

“哈利·波特的秘密伤心史……天哪，天哪，波特，你又犯了什么毛病？他或许是一个与众不同的男孩……”

哈利觉得脸在发烧。斯内普每念完一句都停顿一下，让斯莱特林们笑个够。这篇文章经斯内普的嘴一念，效果更糟糕十倍。

“……对哈利·波特存有良好愿望的人们希望，下次他再奉献真情时，一定要挑选一个更有价值的候选人。多么动人啊，”斯内普讥讽地说，一边在斯莱特林们的阵阵狂笑声中把杂志卷了起来，“哼，我认为最好把你们三个分开，这样你们就能集中思想配制药剂，而不是光想着这些乱七八糟的风流韵事了。韦斯莱，你坐在这里不动。格兰杰小姐，你上那儿去，坐在帕金森小姐旁边。波特——到我讲台前的那张桌子去。好了，快行动吧。”

哈利气得要命，把配料和书包扔进坩埚，然后端着坩埚走向教室前面的那张空桌子。斯内普也跟了过去，坐在讲台边，注视着哈利把坩埚里的东西一样样拿出来。哈利打定主意不去看斯内普，开始捣他的圣甲虫，幻想着每只甲虫都长着一张斯内普的脸。

“你成了媒体关注的中心，这似乎使你本来就不小的脑袋更加膨胀了，波特。”班上其他同学都安静下来后，斯内普轻声说道。

哈利没有回答。他知道斯内普是想挑逗他、激怒他，斯内普以前就这么做过。不用说，他是想找借口赶在下课前扣掉格兰芬多五十分。

“你大概想当然地以为，整个魔法界都在为你惊叹，”斯内普继续说道，声音很轻，其他同学都听不见（哈利只管捣他的圣甲虫，尽管它们已被碾成细细的粉末），“但是我才不关心你的照片在报纸上出现多少次呢。在我眼里，波特，你不过是一个讨厌的小男孩，但你却觉得自己可以无视所有的规章制度。”

哈利把甲虫粉末倒进坩埚，开始切割姜根。他气得双手微微发抖，但始终低垂着眼睛，好像根本听不见斯内普对他说的话。

“因此，我要给你一个善意的警告，波特，”斯内普用更轻柔也更阴险的声音说，“尽管你小有名气——如果我再发现你闯进我的办公室——”

“我从来没有靠近过你的办公室！”哈利气愤地说，把刚才的装聋作哑抛到了一边。

“别对我撒谎，”斯内普压低声音说，那双深不可测的黑眼睛狠狠地瞪着哈利的眼睛，“非洲树蛇皮，鳃囊草，这两样都是我的私人储藏品，我知道是谁偷的。”

哈利毫不示弱地瞪着斯内普，坚决不眨眼睛，也不显出心虚的样子。说实话，他并没有从斯内普那里偷这两样东西。赫敏二年级的时候拿了非洲树蛇皮——他们需要用它配制复方汤剂——当时斯内普怀疑到了哈利，但一直没有证据。那鳃囊草呢，不用说，是多比偷的。

“我不知道你在说些什么。”哈利冷冷地撒谎道。

“有人闯进我办公室的那天夜里，你不在自己的床上！”斯内普嘶嘶地说，“这瞒不过我，波特！不错，疯眼汉穆迪大概也加入了你的追星俱乐部，但我再也不会容忍你的行为了！如果你再半夜三更溜进我的办公室，波特，你就等着瞧吧！”

“好吧，”哈利冷静地说，又低头切他的姜根，“我会记住这一点的，以免我什么时候心血来潮想去那儿。”

斯内普的眼睛闪了闪。他把一只手伸进黑袍子里面。一时间，哈利以为斯内普要抽出魔杖，给他念咒——接着他看见斯内普掏出了一个小小的水晶瓶，里面是一种清澈透明的药剂。哈利仔细地望着。

“你知道这是什么吗，波特？”斯内普说，那双眼睛里又闪着恶意的光芒。

“不知道。”哈利说，这次他说的完全是实话。

“这是吐真剂——一种教你说实话的药剂，效果奇强，只要三滴，就能使你透露出内心深处的秘密，让全体同学洗耳恭听。”斯内普恶狠狠地说，“当然，对这种药剂的使用，魔法部有十分严格的规定加以控制。但是你必须格外留神，不然我就会失手，”——他微微摇晃着水晶瓶——“倒在你晚餐的南瓜汁里。然后，波特……然后我们就会弄清你究竟去没去过我的办公室。”

哈利没有说话。他又一次转向他的姜根，拿起小刀，开始把它们切成碎片。他十分厌恶斯内普谈到的那种吐真剂，而且认为斯内普很有可能偷偷给他洒上几滴。他不知道如果斯内普真的这么做了，自己嘴里会吐露些什么，一想到这点，他就忍不住打了个寒噤……他不仅会使许多人陷入麻烦——首先是赫敏和多比——更要命的是，他心里还藏着许多其他秘密呢……比如他一直在跟小天狼星保持联系……还有——他一想起来就觉得心里翻江倒海——他对秋的感情……他把姜根也倒进了坩埚，一边暗想，不知是否应该学学穆迪的样子，也在屁股后面挂一个酒瓶，从此只喝那里面的东西。

这时，教室外有人敲门。

“进来。”斯内普用他惯常的声音说。

门开了，全班同学都扭头看去。卡卡洛夫教授走了进来，大家望着他走向斯内普的讲台。他用手指卷着他的山羊胡须，显得焦躁不安。

“我们需要谈谈。”卡卡洛夫刚走到斯内普身边，就唐突地说。他似乎打定主意不让任何人听见他说的话，所以嘴唇几乎没有动，就好像他是一个很蹩脚的腹语专家。哈利眼睛盯着姜根，侧耳细听。

“我下课以后再跟你谈，卡卡洛夫。”斯内普小声说，但卡卡洛夫打断了他。

“我想现在就谈，趁你还没办法溜走，西弗勒斯。你一直在躲着我。”

“下课再说。”斯内普严厉地说。

哈利假装举起一只量杯，看倒出来的犰狳胆汁是不是够了，一边偷偷用眼角扫了那两人一眼。卡卡洛夫一副惊慌失措的样子，斯内普显得很生气。

在那两节课剩下来的时间里，卡卡洛夫一直在斯内普的讲台后面徘徊。他似乎决意不让斯内普下课后溜走。哈利很想听听卡卡洛夫要说什么，便故意在还有两分钟就打下课铃的时候，把装犰狳胆汁的瓶子打翻了，这样，当其他同学都闹哄哄地朝门口走去时，他就有借口蹲在坩埚后面，用抹布擦地了。

“什么事这么紧急？”他听见斯内普压低声音问卡卡洛夫。

“你看。”卡卡洛夫说，哈利从坩埚边缘偷偷望去，看见卡卡洛夫撩起长袍的左边袖子，给斯内普看他小臂上的什么东西。

“怎么样？”卡卡洛夫说，仍然很费劲地不让自己的嘴唇移动，“看见了吗？从来没有这样明显，自从——”

“快藏起来！”斯内普恶狠狠地说，那双黑眼睛扫视着教室。

“可是你一定注意到了——”卡卡洛夫语气焦虑地说。

“我们以后再谈，卡卡洛夫！”斯内普厉声说，“波特！你在干什么？”

"把我洒的犰狳胆汁擦干净，教授。"哈利假装无辜地说，一边直起身子，举起手里的湿抹布给斯内普看。

卡卡洛夫转了个身，大步走出了教室。他看上去既担忧又恼火。哈利不想单独和怒气冲天的斯内普待在一起，便赶紧把书本和配料扔进书包，飞快地走了出去，他要把刚才看见的事情告诉罗恩和赫敏。

第二天中午他们离开城堡时，看见微弱的银白色太阳照耀着场地。天气是一年来最暖和的，当他们到达霍格莫德村时，三个人都把斗篷脱了下来，搭在肩膀上。小天狼星叫他们带的食物就放在哈利的书包里。他们从午饭桌上偷了十来个鸡腿、一个长面包，还有一瓶南瓜汁。

他们走进风雅牌巫师服装店，给多比买礼物。他们把能够找到的最鲜艳、最夸张的袜子都挑选出来，有一双上面是闪耀的金星银星，还有一双一旦太臭就会大声尖叫。他们挑来挑去，觉得非常开心。一点半钟的时候，他们沿着马路经过德维斯－班斯，朝村外走去。

哈利从没有往这个方向来过。曲折的小路把他们带到了霍格莫德村周围荒野的田间。这里只有很少几座小木屋，但它们附带的园地却很大。他们朝山脚走去，霍格莫德村就坐落在这座大山的阴影里。随后，他们拐过一个弯，看见小路尽头有一道栅栏。在那里等着他们的是一条邋里邋遢的大黑狗，前爪搭在最高的那根栅栏上，嘴里叼着几张报纸，这条狗看上去很眼熟……

"你好，小天狼星。"他们走过去时，哈利说道。

黑狗急切地嗅着哈利的书包，摇了一下尾巴，然后一转身，在一片灌木丛生的场地上小跑起来，这片场地通向布满岩石的山脚。哈利、罗恩和赫敏赶紧爬过栅栏，跟了上去。

小天狼星领着他们一直来到山脚下，这里的地面上布满大大小小的石头。他因为有四个爪子，走起来轻松自如，可是哈利、罗恩和赫敏很快就累得气喘吁吁了。他们跟着小天狼星越走越高，开始往山上爬。三个人追随着小天狼星摇摆的尾巴，在蜿蜒陡峭、怪石嶙峋的小径上攀登了将近半小时，烈日烤得他们汗流浃背，哈利的书包带勒得他肩膀生疼。

终于，小天狼星一闪身不见了。他们来到他消失的地方，看见岩石上有一道狭窄的裂口。他们挤进去，发现来到了一个凉爽的、光线昏暗的岩洞里。巴克比克，那头鹰头马身有翼兽，就拴在岩洞尽头，绳子绕在一块大岩石上。巴克比克一半的身子是匹灰马，另一半则像是只巨大的鹰。它看到他们，锐利的橘黄色眼睛闪了闪。他们三个都对它深深地鞠躬，巴克比克傲慢地打量了他们片刻，然后弯下多鳞的前腿，让赫敏上前抚摸它长着羽毛的脖子。哈利却望着那条黑狗，就在这时，黑狗摇身一变，成了他的教父。

小天狼星穿着破破烂烂的灰袍子，就是他离开阿兹卡班时穿的那件。他的黑头发比上次在炉火里出现时长得多，而且又变得蓬乱纠结了。他看上去很消瘦。

“鸡肉！”他刚把嘴里破旧的《预言家日报》扔在岩洞的地上，就沙哑着嗓子说。

哈利扯开书包，把那包鸡腿和面包递了过去。

"谢谢，"小天狼星说了一句，便急切地打开包裹，抓起一个鸡腿，一屁股坐在地上，用牙齿撕下一大块鸡肉，"我几乎是靠吃老鼠过日子的，没法从霍格莫德偷到多少吃的东西，否则会引起别人注意。"

他抬头看着哈利笑了，但哈利只是很勉强地笑了一下。

"你在这里干什么，小天狼星？"他问。

"履行我作为教父的义务。"小天狼星说，一边啃咬着鸡骨头，那动作活像一条狗，"别为这个操心了，我假装自己是一条从别人家走失的可爱的狗。"

他仍然那样笑着，不过看到哈利脸上焦虑的神情，他便正色说道："我必须亲临现场。你最后那封信……至少，我们可以说事情变得越来越可疑了。每次人们扔掉报纸，我都把它们偷捡回来，从现在的事态看，忧心忡忡的可不止我一个人。"

他冲着地上那几份发黄的《预言家日报》点点头，罗恩把报纸捡起来打开。但哈利仍然盯着小天狼星。

"如果他们抓住你怎么办？如果你被人发现了怎么办？"

"在这附近，只有你们三个和邓布利多知道我是一个阿尼马格斯。"小天狼星说着耸了耸肩，继续大口啃着鸡腿。

罗恩用胳膊肘捅了捅哈利，把《预言家日报》递给了他。报纸共有两份，其中一份印着这样的标题：巴蒂·克劳奇病得蹊跷；另一份上印着：魔法部女巫仍然下落不明——目前部长本人也卷入此事。

哈利迅速浏览了一下关于克劳奇的那篇报道。一些只言片语映入他的眼帘：自十一月起便没有露面……家中似乎无人居住……圣芒戈魔法伤病医院拒绝发表评论……魔法部不肯证实他病入膏肓的传言……

“听他们的口气，就好像他快要死了。”哈利慢慢地说，“既然他有力气闯到这里来，就不可能病得那么重……”

“我哥哥是克劳奇的私人助理，”罗恩告诉小天狼星说，“他说克劳奇是因为工作太累，积劳成疾了。”

“但别忘了，上次我靠近了打量他，发现他确实像有病的样子，”哈利慢慢地说，一边仍然浏览着那篇报道，“就是我的名字从火焰杯里喷出来的那天晚上……”

“这是他开除闪闪而得到的报应，不是吗？”赫敏说，语气有些尖刻，巴克比克嘎吱嘎吱地嚼着小天狼星吃剩的鸡骨头，赫敏温柔地抚摸着它，“我敢说他现在后悔自己不该那么做了——我敢说没有闪闪在身边照料，他觉得生活大不如以前了。”

“赫敏对家养小精灵着了迷。”罗恩小声对小天狼星说，一边朝赫敏翻了个白眼。

但小天狼星却显得很感兴趣：“克劳奇开除了他的家养小精灵？”

“是啊，在魁地奇世界杯赛上。”哈利说，接着便一五一十地讲了黑魔标记怎样出现，闪闪怎样被发现手里抓着哈利的魔杖，克劳奇先生怎样大发雷霆。

哈利讲完了，小天狼星又站了起来，开始在岩洞里踱来踱去。“我来把这件事搞清楚。”过了一会儿他说，手里挥动着一个刚拿出来的鸡腿，“你先是在顶层包厢看见了那个小精灵，她在替克劳奇占位子，对吗？”

“没错。”哈利、罗恩和赫敏异口同声地说。

“但是克劳奇并没有来观看比赛？”

“没有，”哈利说，“我记得他说自己太忙了。”

小天狼星默默地在岩洞里来回踱步。接着他说：“哈利，你离开顶层包厢后有没有摸摸口袋，看你的魔杖还在不在？”

“嗯……”哈利努力回忆，“没有，”他最后说，“在进入树林前，我不需要使用魔杖。一进林子，我把手伸进口袋，里面就只有我的那架全景望远镜了。”他望着小天狼星，“你是说，变出黑魔标记的那个人在顶层包厢偷走了我的魔杖？”

“很有可能。”小天狼星说。

“闪闪没有偷那根魔杖！”赫敏坚决地说。

“包厢里除了小精灵还有别人呢。”小天狼星说。他蹙起眉头，又开始踱步：“坐在你后面的还有谁？”

“好多人呢，”哈利说，“保加利亚的几位部长……康奈利·福吉……还有马尔福一家……”

“马尔福！”罗恩突然喊道，声音很大，在岩洞里嗡嗡回响，巴克比克不安地抖动着脑袋，“我敢说就是卢修斯·马尔福干的！”

“还有别人吗？”小天狼星问。

“没有了。”哈利说。

“有，还有卢多·巴格曼呢。”赫敏提醒道。

“噢，对了……”

“我对巴格曼不太了解，只知道他曾经是温布恩黄蜂队的击球手。”小天狼星仍然踱着步说，“他怎么样？”

“挺好的，”哈利说，“好几次都提出要在三强争霸赛中帮助我。”

“哦，是吗？”小天狼星说，眉头皱得更紧了，“真奇怪，他为什么要这样做呢？”

“他说对我产生了好感。”哈利说。

“唔。”小天狼星显然若有所思。

“就在黑魔标记出现之前，我们在树林里看见了他。”赫敏对小天狼星说。“记得吗？”她问哈利和罗恩。

“是的，但他并没有留在树林里，对不对？”罗恩说，“我们一告诉他发生了暴乱，他就赶到营地去了。”

“你怎么知道？”赫敏立刻反问，“你怎么知道他幻影移形，移到什么地方去了？”

“别胡扯了，”罗恩不敢相信地说，“难道你认为是卢多·巴格曼变出了黑魔标记？”

“他比闪闪更有可能。”赫敏固执地说。

“我告诉过你，”罗恩意味深长地望着小天狼星，说，“我告诉过你，赫敏对家养——”

但是小天狼星举起一只手，止住了罗恩的话头。

“当黑魔标记被变出来，那个小精灵握着哈利的魔杖被人发现时，克劳奇是怎么做的？”

“他钻进灌木丛看了看，”哈利说，“但那里什么人也没有。”

“当然，”小天狼星一边踱步，一边轻声嘀咕，“当然，他想把事情归罪于别人，而不是他自己的小精灵……然后他就开除了她？”

“是的，”赫敏用十分气愤的口气说，“他开除了她，就因为她没有待在帐篷里，由着别人践踏——”

“赫敏，你能不能不要揪住小精灵不放！”罗恩说。

小天狼星摇了摇头，说：“赫敏比你更了解克劳奇的本性，罗恩。如果你想了解一个人的为人，就要留意他是如何对待他的下级的，而不能光看他如何对待与他地位相等的人。”

他用手抚摸着胡子拉碴的面颊，显然在苦苦思索什么。“巴蒂·克劳奇这么多次缺席……在魁地奇世界杯赛上，他花了功夫让家养小精灵给他占座位，自己却没有去观看比赛。他加班加点地工作，恢复了三强争霸赛，自己却不去参加……这不符合克劳奇的性格。如果他以前因为生病请过一天假，我就把巴克比克生吞活吃了。”

“怎么，你认识克劳奇？”哈利说。

小天狼星的表情暗淡了。他突然变得挺吓人的，就像哈利第一次见到他的那天夜里一样，当时哈利还相信小天狼星是个杀人魔王呢。

“哦，我当然认识克劳奇，”他轻声说，“就是他下令把我送到阿兹卡班的——连审判也免了。”

“什么？”罗恩和赫敏同时说。

“你在开玩笑吧！”哈利说。

“没有，不是玩笑。”小天狼星说着，又咬了一大口鸡肉，“克劳奇曾是魔法部法律执行司的司长，你们不知道吧？”

哈利、罗恩和赫敏摇了摇头。

“有人预测他有可能当选下一届魔法部部长。”小天狼星说，“他是个了不起的巫师，巴蒂·克劳奇，法力高强——权力欲望也很强。哦,绝不会是伏地魔的支持者。”他看到哈利脸上的表情，说道：“不，巴蒂 · 克劳奇总是公开声明他是反对黑魔法的。可是许多反对黑魔法的人都……唉，你们不会明白……你们年纪太小了……”

“我爸爸在世界杯赛上就是这么说的。”罗恩说，语气里带着一点儿恼火，“你就试试嘛，看我们能不能明白。”

小天狼星消瘦的脸上闪过一丝笑容。“好吧，我就试试……”

他走到岩洞那头，又折回来，说道，“现在想象一下，在伏地魔势力强大的时候，你不知道谁是他的支持者，谁不是，不知道谁在为他效命，谁不是。你知道他能把人牢牢控制，使他们不由自主地做一些可怕的事。你为自己、你的家人和你的朋友感到害怕。每个星期都有噩耗传来，又有人死亡，又有人失踪，又有人在遭受折磨……魔法部一片混乱，他们不知道该怎么办，还要千方百计地瞒着麻瓜，而与此同时，麻瓜们也在死亡。到处都是一片恐怖……紧张……混乱……当时就是这样的状况。

“唉，像这样的时候，总能使好人体现出最高尚的品德，使坏人暴露出最恶劣的本质。一开始,克劳奇的原则大概还不错——我不太清楚。他在部里很快步步高升，开始采取一些非常强硬的措施，对付伏地魔的支持者们。傲罗们获得了一些新的权力——比如，他们有权杀人，而不仅仅是抓捕。未经审判就被直接移交摄魂怪的不止我一个人。克劳奇用暴力对付暴力，允许对嫌疑者采用不可饶恕咒。在我看来，他变得像黑魔势力那边的许多人一样心狠手辣、冷酷无情。你们知道吗，他也有自己的支持者——许多人认为他这样处理事情是对的，许多巫师大声疾呼，要求他担任魔法部部长。伏地魔失踪后，克劳奇出任第一把手似乎只是一个时间问题。然而就在这时，发生了一件十分不幸的事……”小天狼星露出冷酷的笑容，“克劳奇的亲生儿子被抓住了，他和一群凭着花言巧语没有被关进阿兹卡班的食死徒在一起。看样子他们在寻找伏地魔，想使他卷土重来。”

“克劳奇的儿子被抓住了？”赫敏吃惊地问。

“是啊。”小天狼星说，把鸡骨头扔给巴克比克，又一屁股坐在地上，拿起身边的那个面包撕成两半，“可以想象，这对巴蒂那老家伙来说真是一个不小的打击。他应该多花点时间和家人待在一起，是不是？应该时不时地早点下班……多了解了解自己的儿子。”

他狼吞虎咽地吃起了面包。

“他儿子是一个食死徒吗？”哈利说。

“不清楚。”小天狼星说，一边继续往嘴里塞着面包，“他被关进阿兹卡班时，我自己也在那里。这些情况都是我出来以后才打听到的。那个男孩被捕的时候，和他在一起的人都是食死徒，这点我可以用性命打赌——但他也许只是不该在那个时候出现在那个地点，就像那个家养小精灵一样。”

“克劳奇有没有替他的儿子开脱？”赫敏小声问道。

小天狼星发出一声怪笑，很像是犬吠。“克劳奇替他的儿子开脱？赫敏，我刚才还以为你挺了解他的本性呢！一切威胁到他名誉的事物，都必然被抛到一边。他的全部生命都献给了要成为魔法部部长这项事业。你们看见他开除了一个忠心耿耿的家养小精灵，就因为这个小精灵又把他和黑魔标记联系在了一起——你们还看不出他是个什么样的人吗？克劳奇的父爱充其量只表现在他让儿子受审上，根据各种流传的说法，这实际上是给了克劳奇一个借口，可以展示一下他是多么仇恨那个男孩……然后他就把儿子送进了阿兹卡班。”

“他把自己的儿子交给了摄魂怪？”哈利轻声问。

“正是这样，”小天狼星说，现在他脸上完全不是觉得好笑的神情了，“我看见摄魂怪把他带了进来，我隔着牢门的铁栏杆注视着他们。他最多也就十九岁。他们把他投进了我旁边的一间牢房。傍晚的时候，他尖声呼喊着妈妈。不过几天之后，他就无声无息了……他们最后都无声无息了……只偶尔在睡梦中发出尖叫……”

一时间，小天狼星眼睛里郁闷的神情变得格外凝重，就好像眼睛后面的百叶窗突然关闭了。

“这么说，他还在阿兹卡班？”哈利问。

“不在了，”小天狼星淡淡地说，“他已经不在那里了。在他们把他带进来一年之后，他就死了。”

“死了？”

“死了的不止他一个，”小天狼星痛苦地说，“在那里，大多数人都发了疯，许多人最后都绝食了。他们丧失了生活下去的愿望。一个人什么时候死是可以知道的，因为摄魂怪能够感觉到，每到这时他们就兴奋不已。那个男孩来的时候就病歪歪的。克劳奇是魔法部的重要官员，他和妻子获准看望临终前的儿子。那是我最后一次看见巴蒂·克劳奇，他半搀半扶着妻子，从我的牢房前走过。显然，他妻子很快就死了。悲伤过度。像那个男孩一样憔悴而死。克劳奇没有来领取儿子的尸体。摄魂怪把他埋在了堡垒外面。我亲眼看着他们这么做的。”

小天狼星把举到嘴边的面包扔到一旁，抓起那瓶南瓜汁一口气喝干。

“因此，就在可怜的克劳奇以为大功告成的时候，他失去了一切。”小天狼星用手背擦擦嘴唇，继续说道，“刚才还是一个英雄，信心十足地要成为魔法部部长……转眼间，儿子死了，妻子也死了，家庭的名誉被玷污了，而且，我逃跑出来后听说，他在公众心目中的威信急剧下降。男孩死去后，人们开始更多地同情他儿子，并且提出疑问：为什么一个来自良好家庭的孩子会走上这样的邪路？得出的结论是他父亲从来都不怎么关心他。就这样，康奈利·福吉坐上了第一把交椅，克劳奇被平调到了国际魔法合作司。”

接着便是良久的沉默。哈利想起魁地奇世界杯赛那天在树林里，克劳奇低头望着他那不听话的家养小精灵时，眼珠向外突起的样子。怪不得闪闪在黑魔标记下被人抓住时，克劳奇会有那样过激的反应呢。那一定使他想起了自己的儿子，想起了过去那段丑闻，以及他在魔法部名誉扫地的惨痛经历。

“穆迪说克劳奇整天痴迷于抓黑巫师。”哈利告诉小天狼星。

“是啊，我听说这成了他的一种嗜好。”小天狼星点了点头，说道，“我的看法是，他仍然以为只要他多抓住一个食死徒，就可以重新赢得公众的支持。”

“他还偷偷溜到这里，搜查斯内普的办公室！”罗恩得意地说，眼睛望着赫敏。

“是啊，但那说明不了任何问题。”小天狼星说。

“哎呀，很能说明问题！”罗恩激动地说。

但小天狼星摇了摇头：“听着，如果克劳奇想调查斯内普，为什么不来担任争霸赛的裁判呢？那样他可以堂而皇之地定期拜访霍格沃茨，监视斯内普的行为。”

“那么，你认为斯内普可能有什么不轨行为吗？”哈利问，但是赫敏插了进来。

“喂，不管你们怎么说，反正邓布利多是相信斯内普的——”

“哦，你就消停一会儿吧，赫敏。”罗恩不耐烦地说，“我知道邓布利多很出色，很了不起，但那并不说明一个非常狡猾的黑巫师就骗不了他——”

“那么，一年级的时候，斯内普为什么要救哈利的命呢？他为什么不让哈利死了拉倒呢？”

“我不知道——也许他以为邓布利多会把他赶出去——”

“你认为呢，小天狼星？”哈利大声地问，罗恩和赫敏停止了争吵，准备听他说话。

“我认为你们俩说的都有道理。”小天狼星若有所思地望着罗恩和赫敏说，“自从我听说斯内普在这里教书后，就一直纳闷邓布利多为什么要聘用他。斯内普一向对黑魔法非常着迷，上学时就因此而出名。他当时是个身上和头发上都黏糊糊、油腻腻的小男孩。”小天狼星补充说，哈利和罗恩笑着对视了一下，“斯内普刚进校时，他知道的咒语就比七年级的半数学生都多，他还是一个斯莱特林团伙的成员，后来那个团伙里的人几乎都变成了食死徒。”

第 27 章　大脚板回来了

小天狼星举起手，开始扳着手指报出一个个人名："罗齐尔和威尔克斯——在伏地魔倒台前一年都被傲罗杀死了。莱斯特兰奇夫妇，被关在阿兹卡班。埃弗里——据我了解，他用欺骗的办法使自己摆脱了干系，说他是中了夺魂咒，行为不由自主——至今仍逍遥在外。不过据我所知，斯内普从来没有被指控为食死徒——这也不能说明多少问题。他们许多人都没被抓住。斯内普无疑是狡猾机灵的，完全可以把自己洗刷得干干净净。"

"斯内普和卡卡洛夫非常熟悉，但他不想让别人知道这点。"罗恩说。

"是啊，你真应该看到卡卡洛夫昨天闯进魔药课教室时，斯内普脸上的那副表情！"哈利很快地说，"卡卡洛夫想跟斯内普谈谈，他说斯内普一直在躲着他。卡卡洛夫显得非常焦虑。他给斯内普看他胳膊上的什么东西，我没看清那到底是什么。"

"他给斯内普看他胳膊上的什么东西？"小天狼星说，显得十分困惑。他漫不经心地用手指梳理脏兮兮的头发，然后又耸了耸肩："唉，我也不知道那是怎么回事……但如果卡卡洛夫万分焦虑，并且找斯内普拿主意的话……"

小天狼星盯着岩壁，然后泄气地做了个鬼脸。"不错，邓布利多相信斯内普，有时候邓布利多相信的人，其他许多人都不相信，但是我想，如果斯内普曾经为伏地魔效过力，邓布利多是决不会让他在霍格沃茨教书的。"

"那么，为什么穆迪和克劳奇这样急切地闯进斯内普的办公室呢？"罗恩固执地问。

"我想，"小天狼星慢吞吞地说，"疯眼汉进入霍格沃茨后，很可能把每个教师的办公室都搜了个遍。穆迪这个人，把他的黑魔法防御术课很当回事呢。他大概谁都不相信，在目睹了这么多事情之后，他这么做并不奇怪。不过，我要为穆迪说一句公道话，只要能够避免，他从不滥杀无辜。他总是尽可能地把人活捉回来。他很粗暴，但从不把自己降低到食死徒的档次上。而克劳奇……他就完全不同了……他真的病了吗？如果有病，为什么还挣扎着闯进斯内普的办公室？如果没病……他到底想干什么？在世界杯赛上，他到底在处理什么大不了的事情，竟然没到顶层包厢去观看比赛？当他应该为争霸赛做裁判时，他又在做什么呢？”

小天狼星陷入了沉思，眼睛仍然盯着岩壁。巴克比克在布满岩石的地上寻寻觅觅，看有没有漏掉的鸡骨头。

最后，小天狼星抬头望着罗恩。“你说你哥哥是克劳奇的私人助理？你能不能问问他最近有没有看见克劳奇？”

“可以试试，”罗恩迟疑地说，“不过，最好别让他听出我认为克劳奇在做一些见不得人的事。珀西爱上了克劳奇。”

“你还可以顺便打听一下，他们有没有查到伯莎·乔金斯的下落。”小天狼星说，指了指第二份《预言家日报》。

“巴格曼告诉我说还没有。”哈利说。

“是啊，文章里引了他的话，”小天狼星说着，冲报纸点点头，“他激动地说伯莎的记性多么糟糕。我以前认识伯莎，除非她后来完全变了。但在我的印象里，伯莎一点儿也不健忘——而是正好相反。她有点儿笨，但在聊八卦方面的记性堪称一流。这经常使她陷入一大堆麻烦；从来不知道什么时候应该闭嘴。我可以想象，她在魔法部里肯定是个讨厌的累赘……也许正因为这个，巴格曼才迟迟没有着手去找她……”

小天狼星长长地叹了口气，用手揉了揉带黑圈的眼睛。“什么时间了？”

哈利看了看表，随即想起那次他在湖里待了一小时后，他的表就不走了。

“三点半。”赫敏说。

“你们最好回学校去吧。”小天狼星说着站了起来，“现在听我说……”他特别认真地望着哈利，“我不要你们几个从学校里溜出来看我，懂吗？往这里给我送信就行了。我仍然想知道有没有什么异常情况。但你决不能未经允许就离开霍格沃茨。如果有人想对你下手，那可是个绝好的机会。”

“到现在为止还没有人想对我下手，除了一条火龙和几个格林迪洛。”哈利说。

但小天狼星不满地瞪着他：“我不管你怎么说……等这场争霸赛结束，我才能完全放心，那要到六月份呢。别忘了，如果你们几个人谈起我，就叫我‘伤风’，好吗？”

他把餐巾纸和空瓶子递给哈利，又过去拍拍巴克比克，同它告别。“我和你们一起走到村边，”小天狼星说，“看能不能再偷到一两份报纸。”

他摇身一变，又变成了那条大黑狗，然后大家一起离开了岩洞。他们和小天狼星一起下山，走过布满碎石的场地，回到了栅栏边。在这里，他让他们每个人都拍了拍他的脑袋，然后一转身，沿着村子外围跑走了。

哈利、罗恩和赫敏顺原路返回霍格莫德村，又朝霍格沃茨走去。

“不知道珀西是否了解克劳奇的那些事情，”他们走在通往城堡的车道上时，罗恩说道，“不过也许他并不在乎……这大概会使他更崇拜克劳奇的。没错，珀西酷爱规章制度。他会说克劳奇只是大义灭亲，不愿为儿子破坏章程。”

“珀西决不会把他的家人甩给摄魂怪。”赫敏严厉地说。

“这我可说不准。”罗恩说，“如果他认为我们妨碍了他的事业……珀西真是很有野心的，你们知道……”

他们走上石阶，进入门厅，迎面闻到礼堂里飘出晚餐诱人的香味。

“可怜的‘伤风’，”罗恩深深地吸着气说，“他一定非常爱你，哈利……想象一下吧，靠吃老鼠过日子。”

第 28 章

克劳奇先生疯了

星期天吃过早饭，哈利、罗恩和赫敏来到猫头鹰棚屋。他们要像小天狼星建议的那样给珀西送一封信，问他最近有没有看见克劳奇先生。他们选用了海德薇，因为它已经失业了很长时间。他们透过棚屋的窗户望着它渐渐远去，然后下楼来到厨房，把新买的袜子送给多比。

家养小精灵们兴高采烈地欢迎了他们，又是鞠躬，又是行屈膝礼，还手忙脚乱地为他们准备茶点。多比看到礼物欣喜若狂。

“哈利·波特对多比太好了！”他尖声说，擦去大眼睛里冒出的大滴泪珠。

“你用鳃囊草救了我的命，多比，真的。”哈利说。

“还有那种手指饼吗？”罗恩看着周围笑容满面、连连鞠躬的家养小精灵们，问道。

“你刚吃过早饭！”赫敏恼火地说。然而一只装满手指饼的大银盘，已经由四个小精灵托着，旋风般送到了他们面前。

“我们多要一些吃的，拿去送给‘伤风’。”哈利小声说道。

“好主意。”罗恩说，“让小猪有点事情做做。你们能不能再给我们一些吃的东西？”他问周围的小精灵。他们高兴地鞠着躬，马不停蹄地去取食物了。

“多比，闪闪呢？”赫敏看看四周，问道。

“闪闪在炉火边呢，小姐。”多比轻声说，耳朵微微耷拉着。

“哦，天哪。”赫敏看见闪闪，不由得惊叹道。

哈利也朝壁炉那边望去。闪闪还是坐在上次那张小凳子上，但她把自己弄得肮脏不堪，几乎跟她身后被烟熏黑的砖墙混为一体，很难分辨出来。她的衣服没有洗过，又脏又破。她手里抓着一瓶黄油啤酒，身体在凳子上微微摇晃，眼睛直勾勾地望着炉火。就在他们注视着她时，她重重地打了个酒嗝。

“闪闪现在每天要灌下去六瓶。”多比小声告诉哈利。

“噢，这种啤酒劲儿不大。”哈利说。

多比却摇了摇头。“对家养小精灵来说相当厉害呢，先生。”他说。

闪闪又打了个嗝。端手指饼来的那几个小精灵不满地白了她一眼，又回去干活了。

“闪闪现在很憔悴，哈利·波特，”多比忧伤地小声说，“闪闪想回家。闪闪仍然认为克劳奇先生是她的主人，先生，多比反复跟她说，她现在的主人是邓布利多，可她就是听不进去。”

“嘿，闪闪，”哈利突然有了一个主意，走到她身边，弯下身子，“你知不知道克劳奇先生可能在做什么？他不来给三强争霸赛做裁判了。”

闪闪的眼睛闪动着，两只巨大的瞳孔盯住了哈利，身体又微微摇晃起来，她说："主——主人不——呃——不来了？"

"是啊，"哈利说，"从第一个项目结束后，我们就没有看见他。《预言家日报》上说他病了。"

闪闪又摇晃了几下，视线模糊地瞪着哈利。"主人——呃——病了？"

她的下嘴唇哆嗦起来。

"我们还不能肯定这是不是真的。"赫敏赶紧说道。

"主人现在需要他的——呃——闪闪！"小精灵抽抽搭搭地说，"主人一个人——呃——可怎么——呃——怎么对付得了……"

"他们的家务事他们自己也能做的，闪闪。"赫敏严肃地说。

"闪闪——呃——不单单——呃——为克劳奇先生做家务事！"闪闪气愤地尖声说，身体摇晃得更厉害了，还把黄油啤酒洒在她本来就污渍斑斑的衬衫上，"主人——呃——相信闪闪，把最重要——呃——最秘密的事——都告诉了闪闪——"

"什么事？"哈利说。

但闪闪使劲摇了摇头，又把一些啤酒洒在身上。

"闪闪不能——呃——泄露主人的秘密。"她抗拒地说道，身子剧烈地摇晃，皱着眉头，两眼失神地瞪着哈利，"你——呃——你在多管闲事。"

"闪闪不许这样跟哈利·波特说话！"多比生气地说，"哈利·波特勇敢而高尚，哈利·波特从不多管闲事！"

"他在探听——呃——我主人的——呃——秘密的私事——呃——闪闪是个好家养小精灵——呃——闪闪知道保持沉默——

呃——人们千方百计地——呃——打听刺探——呃——”闪闪的眼皮耷拉下来，她突然从凳子上滑到壁炉前的地毯上，响亮地打起呼噜来。喝空的黄油啤酒瓶骨碌碌滚过石块铺的地面。

六七个家养小精灵匆匆赶过来，脸上是一副厌恶的表情。其中一个捡起酒瓶，其他人用一块方格子的大桌布盖住闪闪，并仔细掖好四角，不让别人看见她。

“让你们看到这个，真是对不起，先生小姐！”近旁的一个小精灵尖声说，一边摇着头，显得十分羞愧，“真希望你们不要根据闪闪来评判我们大家，先生小姐！”

“她不快活！”赫敏焦虑地说，“你们为什么不想办法让她快活起来，却反而把她盖住呢？”

“对不起，小姐，”那个家养小精灵说，又深深鞠了一躬，“可是当有活儿要干、有主人要伺候时，家养小精灵是没有权利不快活的。”

“哦，天哪！”赫敏生气地喊道，“你们都听我说吧！你们和巫师一样，完全有权利不快活！你们有权利拿工钱、休假、穿体面的衣服，用不着事事都听别人使唤——看看多比吧！”

“请小姐不要把多比牵扯进去。”多比含糊地说，看上去非常害怕。厨房里那些家养小精灵脸上欢快的笑容消失了。他们突然用异样的眼神望着赫敏，似乎觉得她是疯狂而危险的。

“吃的东西给你们拿来了！”哈利胳膊肘边的一个小精灵尖声说，然后把一大块火腿、十几块蛋糕和几样水果塞进哈利怀里，“再见！”

家养小精灵们围在哈利、罗恩和赫敏周围，许多只小手推着他们的腰背部，要把他们赶出厨房。

“谢谢你送我的袜子，哈利·波特！”多比在壁炉地毯上可怜巴巴地叫道，他站在被桌布盖着的闪闪旁边。

“你就不能把嘴巴闭上吗，赫敏？”厨房的门重重地在他们身后关上后，罗恩气冲冲地说，“现在他们再也不愿意我们到这儿来了！我们没法从闪闪嘴里套出克劳奇的更多情况了！”

“得了吧，你才不关心这个呢！”赫敏讥笑道，“你只是想下来捞点儿吃的！”

从这时起，那天就一直令人烦躁。晚上，罗恩和赫敏在公共休息室做家庭作业时唇枪舌剑地吵个不停，哈利厌烦透了，便一个人带着给小天狼星的食物来到猫头鹰棚屋。

小猪个头太小了，没法独自驮着一整块火腿到山里，哈利就又选了两只学校的长耳猫头鹰来帮忙。它们在暮色中飞远，中间抬着那个大包裹，显得怪模怪样的。哈利靠在窗台上，望着外面的场地，望着禁林里黑乎乎的、沙沙作响的树梢，和德姆斯特朗大船那随风飘动的船帆。一只雕枭飞过从海格小屋烟囱冒出的袅袅青烟，朝城堡飞来，然后绕过猫头鹰棚屋消失了。哈利一低头，看见海格在他的小屋前劲头十足地挖土。哈利不明白他在做什么，看上去是在开垦一片地来种菜。就在这时，马克西姆女士从布斯巴顿的马车里出来，朝海格走去。看样子她想跟海格搭话。海格拄着铲子，似乎不愿意多谈，因为马克西姆女士很快就回马车去了。

哈利不想回格兰芬多塔楼去听罗恩和赫敏互相叫骂，便默默地望着海格挖土，直到夜色吞没了海格的身影。哈利周围的猫头鹰一只只地醒来，嗖嗖地从他耳边飞向夜空。

第二天吃早饭时，罗恩和赫敏的心情终于多云转晴。罗恩曾悲观地预言，由于赫敏侮辱了家养小精灵，他们给格兰芬多桌子送的食物会大打折扣，现在证明他的预言落空了。这使哈利松了口气。那些熏咸肉、鸡蛋和腌鲱鱼和往常一样丰盛鲜美。

送信的猫头鹰飞来了，赫敏急切地抬起头。她似乎有所期待。

“珀西还来不及回信呢，”罗恩说，“我们昨天刚派海德薇给他送的信。”

“不，不是那个，”赫敏说，“我订了一份《预言家日报》。现在什么事情都从斯莱特林们那里知道，我烦透了。”

“好主意！”哈利说，也抬头望着那些猫头鹰，“嘿，赫敏，我觉得你运气不错——”

一只灰色猫头鹰朝赫敏飞来。

“可它并没有捎来报纸呀。”赫敏说，显得有些失望，“它——”

没想到灰色猫头鹰在她面前的盘子上落定后，紧接着又飞来四只谷仓猫头鹰、一只棕褐色猫头鹰和一只灰林猫头鹰。

“你究竟发出了多少张订单？”哈利说，一把抓过赫敏的高脚杯，免得被这一大群猫头鹰打翻。它们都争先恐后地往前挤，想第一个把信送到她手里。

“见鬼，到底怎么——”赫敏说着，接过灰色猫头鹰送来的信，打开后看了起来，“哎呀，哎呀！”她气急败坏地说，脸色变得通红。

“怎么回事？”罗恩说。

“这——这简直太荒唐了——”她把信塞给哈利，哈利看到那不是手写的笔迹，而仿佛是用《预言家日报》上剪下来的字母拼成的。

你是个坏女孩。哈利·波特应该得到更好的姑娘。

滚回你的麻瓜老家去吧。

“都是这类的信！”赫敏把信一封封拆开，绝望地说，“哈利·波特应该得到比你这种货色强百倍的女孩……应该把你放在蛙卵里煮一煮……哎哟！”

她刚打开最后一个信封，一股黄绿色的液体喷到她的双手上，发出刺鼻的汽油味，她手上立刻冒出黄黄的大水泡。

“没经稀释的巴波块茎脓液！”罗恩说。他小心地拿起信封，闻了闻。

“哎哟！”赫敏叫道，她拿起一块餐巾擦去手上的脓液时，眼泪就已经流了出来，但手指上已布满厚厚的、疼痛难忍的疮疤，看上去就像戴着一双疙里疙瘩的厚手套。

“你最好赶紧去校医院，”哈利说，这时赫敏周围的猫头鹰一只只地飞走了，“我们会跟斯普劳特教授说明情况的……”

“我警告过她！”赫敏捂住双手匆匆离开礼堂后，罗恩说道，“我警告过她，不要招惹丽塔·斯基特！看看这封吧……”他大声念着赫敏留下的一封信，“我在《女巫周刊》上读到你在玩弄哈利·波特的感情，那个男孩已经受了那么多苦，等着吧，我只要找到一个大信封，下次就给你寄一个咒语去。天哪，她可真得当心点儿。”

赫敏没有来上草药课。当哈利、罗恩离开温室，去上保护神奇动物课时，看见马尔福、克拉布和高尔正走下城堡的石阶。潘西·帕金森跟在他们后面，和那帮斯莱特林女生交头接耳、咯咯窃笑。潘西一看见哈利，就大声问道："波特，你和女朋友闹翻了吗？早饭时她为什么气成那样？"

哈利没有理她。他不想让潘西知道《女巫周刊》的那篇文章引起了多大麻烦，免得她幸灾乐祸，得意忘形。

海格上节课就告诉他们，独角兽的知识已经讲完，此刻他站在小屋外面等候同学们，脚边放着一些他们以前没见过的敞开的纸板箱。哈利一看见纸板箱，心就往下一沉——该不是又孵出了一窝炸尾螺吧？——不过走近了往箱子里一看，才发现里面是许多毛茸茸的黑家伙，生着长长的鼻子，前爪平平的，像铲子一样，十分奇特。它们抬头朝全班同学眨着眼睛，面对这么多人的注意，似乎感到有些困惑。

"这些是嗅嗅，"海格等同学们都聚拢了，说道，"一般在矿井下可以见到。它们喜欢闪闪发亮的东西……喏，快看。"

一只嗅嗅突然一跃而起，想咬掉潘西·帕金森手腕上的手表。潘西尖叫着后退。

"很有用的小探宝器，"海格高兴地说，"今天我们可以跟它们玩个痛快了。看见那儿了吗？"他指着那一大片新翻开的土地，就是哈利在猫头鹰棚屋窗口看见他挖掘的地方，"我埋了些金币。谁挑的嗅嗅挖出金币最多，我就给谁发奖。你们把身上值钱的东西都拿掉，然后挑选一只嗅嗅，做好准备，把它们放开。"

哈利把手表摘下，塞进口袋里，手表已经停了，他只是出于习惯才戴着。然后他挑了一只嗅嗅。它把长鼻子伸进哈利的耳朵，起劲地嗅着。这小东西，跟人倒挺亲热的。

“慢着，”海格说，低头望着箱子里面，“这里还剩下一只嗅嗅……谁没有来？怎么不见赫敏？”

“她不得不去医院了。”罗恩说。

“我们回头再跟你解释。”哈利低声说。潘西·帕金森正竖着耳朵听呢。

这真是他们上过的最好玩的一节保护神奇动物课。嗅嗅在那片地里钻进钻出，就像在水里一样，每一只都急匆匆地赶到放开它的那个同学身边，把金币吐进他手里。罗恩的收获特别多，大腿上很快就堆满了金币。

“能把它们买下来作为宠物吗，海格？”罗恩兴奋地问，这时他的嗅嗅又一头扎进土里，把他的袍子都溅脏了。

“你妈妈不会高兴的，罗恩。”海格微笑着说，“嗅嗅这种动物会把房子毁坏的。好了，我看它们干得差不多了。”他在那片地上走来走去，嗅嗅们还在土里钻出钻进，“我只埋了一百块金币。哦，你来了，赫敏！”

赫敏穿过草坪朝他们走来。她两只手上都包着厚厚的绷带，显得怪可怜的。潘西·帕金森目光很锐利地望着她。

“好了，我来看看你们干得怎么样！”海格说，“数数你们的金币！想偷走是没有用的，高尔，”他说着，眯起亮晶晶的黑眼睛，“这是爱尔兰小矮妖的金币，几个小时之后就消失了。”

高尔掏出口袋里的金币，一副闷闷不乐的样子。最后的结果是罗恩的嗅嗅一举夺魁，海格给了罗恩一大块蜂蜜公爵的巧克力作为奖励。午饭的铃声从场地那头传来，其他同学都动身返回城堡了，哈利、罗恩和赫敏留在后面，帮海格把嗅嗅装回纸板箱里。哈利发现马克西姆女士正从马车的窗口注视着他们。

“你的两只手怎么啦，赫敏？”海格非常关心地问。

赫敏跟他说了早上收到恶意信件的事，还有那个装满巴波块茎脓液的信封。

“啊，不要担心。”海格低头望着她，温和地说，“自从丽塔·斯基特在文章里写到我妈妈后，我也收到过几封这样的信。你是个怪物，应该把你开除。你母亲滥杀无辜，如果你还知道廉耻，就应该跳湖自杀。”

“哦，天哪！”赫敏显得很震惊。

“是啊，”海格说，一边把装嗅嗅的纸板箱搬到小屋的墙根边，“他们都是些疯子，赫敏。以后再收到这样的信，不要打开。把它们直接扔进火里。”

“你错过了一堂特别有趣的课，”他们返回城堡时，哈利对赫敏说，“这些嗅嗅可好玩了，是不是，罗恩？”

可是罗恩皱着眉头，瞪着海格给他的巧克力。他好像为什么事感到心烦意乱。

“怎么回事？”哈利问，“味道不对？”

“不是，”罗恩不耐烦地说，“你为什么不把金币的事告诉我？”

“什么金币？”哈利问。

“我在世界杯赛上给你的金币，”罗恩说，“那些爱尔兰小矮妖的金币，我用来换我的全景望远镜的。在顶层包厢上。它们后来消失了，你为什么不告诉我？”

哈利想了一会儿，才明白罗恩在说什么。

“哦……”他说，终于想起了那段往事，“我不知道……我压根儿就没注意到它们不见了。我一心只挂念着我的魔杖，不是吗？”

他们走上通往门厅的台阶，走进礼堂去吃午饭。

“这感觉一定很妙，”就在他们坐下，开始盛烤牛肉和约克郡布丁时，罗恩突然冒出一句，“钱多得数不清，连一口袋加隆不见了都没有察觉。”

“听着，那天晚上我想着别的事情！”哈利不耐烦地说，“当时我们脑子都很乱，记得吗？”

“我不知道爱尔兰小矮妖的金币会消失，”罗恩喃喃地说，“我以为已经把钱还清了。你圣诞节不应该送给我那顶查德理火炮队的帽子。”

“忘了这件事吧，好吗？”哈利说。

罗恩用叉子尖戳起一个烤土豆，愁闷地瞪着它，然后说道：“我真讨厌贫穷的滋味。”

哈利和赫敏对视了一下，都不知道该说什么好。

“这感觉糟透了。”罗恩说，仍然瞪着那个土豆，“弗雷德和乔治想多赚几个钱，我觉得这没什么错。真希望我也能那样。真希望我有一只嗅嗅。”

“好了，我们知道明年圣诞节送你什么了。”赫敏愉快地说，她看见罗恩还是闷闷不乐，又说道，“行了，罗恩，这不是最糟糕的。至少你的手指上没有沾满脓液。”赫敏用起刀叉来十分费劲，她的手指全肿了，僵僵的不听使唤，“我真恨斯基特那个女人！”

她突然恶狠狠地大声说，“即使我只剩最后一口气，也要让她付出代价！”

在接下来的一个星期，赫敏仍然不断收到恶意信件，尽管她听从了海格的忠告，不再打开它们，但有些对她心存恶意的人寄来了吼叫信，这些信在格兰芬多的桌子上炸开，尖声吼出侮辱她的话，全礼堂的人都能听见。就连那些不看《女巫周刊》的人，也都知道哈利、克鲁姆、赫敏的所谓三角恋关系了。哈利反复跟人解释赫敏不是他的女朋友，他觉得厌烦透了。

“慢慢会平息的，”他对赫敏说，“只要我们不理它……上次她写的那篇关于我的文章，人们就慢慢腻烦了——”

“我想知道，她本来是被禁止进入场地的，却怎么能偷听到别人私下里的谈话！”赫敏气愤地说。

在他们的下一节黑魔法防御术课上，赫敏留下来向穆迪教授请教几个问题。班上其他同学都迫不及待地离开了。穆迪在课上毫不留情地测试同学们使咒语转向的本领，许多人都受了轻伤。哈利中了很厉害的耳朵抽筋咒，离开教室时不得不用双手捂住耳朵。

“看来，丽塔肯定没有使用隐形衣！”五分钟后，赫敏在门厅里追上哈利和罗恩，气喘吁吁地说，她还把哈利的手从一只抽动的耳朵上拉开，好让哈利能听见她说话，“穆迪说，在进行第二个项目时，他没有在裁判桌或湖边什么地方看见丽塔！”

“赫敏，我叫你别想这件事了，你怎么就是不听呢？”罗恩说。

“就不听！”赫敏固执地说，“我想知道她怎么能听见我跟威克多尔的谈话！还有她怎么会打听到海格母亲的事！”

“也许她在你身上装了窃听器。”哈利说。

“装窃听器？”罗恩不解地说，“什么东西……是把臭虫放在了她身上吗？”①

哈利便向他解释什么是暗藏的麦克风和录音装置。

罗恩听得很入迷，可是赫敏打断了他们。“你们俩没有读过《霍格沃茨：一段校史》吗？”

“有必要吗？”罗恩说，“反正你已经记得滚瓜烂熟，我们问问你就可以了。”

“麻瓜使用的魔法替代品——电啦，计算机啦，雷达啦，所有这类东西——一到霍格沃茨周围就会出故障，因为这个环境里的魔法磁场太强了。不对，丽塔是靠魔法偷听别人说话的，肯定是这样……但愿我能弄清是什么魔法……噢，如果是非法的，她可就逃不掉了……”

“我们要操心的事还不够多吗？”罗恩问她，“非要跟丽塔·斯基特闹得你死我活吗？”

“我没有请你帮忙！”赫敏没好气地说，“我自己处理这件事！”

她三步并作两步地踏上大理石楼梯，甚至没有回头望一眼。哈利相信她一定是去图书馆了。

“我敢说她会抱着一盒我恨丽塔·斯基特的徽章回来，你信不信？”罗恩说。

然而，赫敏并没有叫哈利和罗恩帮她一起找丽塔·斯基特算

---

① 英语中“在……装窃听器”一词，同时也有“臭虫”的意思。

账，这使他俩都松了口气，因为复活节就快到了，功课越来越多。哈利坦白地承认，赫敏既要跟他们一样完成作业，又要研究偷听魔法术，真是很了不起。哈利光是对付那些家庭作业就忙得焦头烂额，但他坚持定期给山洞里的小天狼星寄去一包包食物。自从去年夏天以来，哈利就一直没有忘记天天挨饿的滋味。他还顺便给小天狼星寄信，告诉他没有任何异常情况，他们仍然在等待珀西的回信。

直到复活节快要结束时，海德薇才回来。珀西的回信附在一包复活节彩蛋里，是韦斯莱夫人寄来的。哈利和罗恩得到的彩蛋都有火龙蛋那么大，里面装满了自制的太妃糖。赫敏的彩蛋却比鸡蛋还小。她一见就拉长了脸。

"你妈妈不会碰巧也看《女巫周刊》吧，罗恩？"她轻声地问。

"没错，"罗恩说，嘴里塞满了太妃糖，"她要看上面的菜谱。"

赫敏悲哀地望着她的小彩蛋。

"你想看看珀西写了什么吗？"哈利赶紧问她。

珀西的信很短，而且口气很不耐烦。

> 正如我不断告诉《预言家日报》的，克劳奇先生工作太辛苦了，目前正在休整。他定期派猫头鹰送来指示。没有，我没有见到他本人，但我认为你们应该相信，我绝对不会认错我上司的笔迹。目前我已经忙得不可开交，却还要澄清这些无聊的谣言。请不要再打扰我了，除非有什么要紧的事。祝复活节愉快。

第 28 章　克劳奇先生疯了

往常，夏季学期一开始，就意味着哈利要加紧训练，准备这个赛季的最后一场魁地奇比赛。可是今年，他要准备的是三强争霸赛的第三个也是最后一个项目，但他仍然不知道自己要做什么。终于，到了五月的最后一个星期，麦格教授在上完变形课后把他留了下来。

“波特，你今晚九点到下面的魁地奇球场去，”麦格教授对他说，“巴格曼先生要在那里告诉勇士们第三个项目是什么。”

于是，那天晚上八点半，哈利在格兰芬多塔楼与罗恩和赫敏分手，来到楼下。他穿过门厅时，塞德里克正从赫奇帕奇公共休息室里出来。

“你认为会是什么呢？”两人一起走下石阶，融进阴云密布的夜色中时，塞德里克问哈利，“芙蓉不停地唠叨着地下隧道，她认为我们要寻找财宝。”

“那倒不坏。”哈利说，心想他只要向海格借一只嗅嗅，把事情交给它去干就行了。

他们顺着漆黑的草坪朝魁地奇球场走去，然后穿过看台间的一条窄道进入了球场。

“他们在这里搞了些什么？”塞德里克猛地停下脚步，气愤地问。

魁地奇球场不再平整光滑。看上去，似乎有人在这里砌起了无数道长长的矮墙，这些矮墙错综复杂，蜿蜒曲折地伸向四面八方。

“是树篱！”哈利说着，低头仔细观察离他最近的那道矮墙。

“你们好！”一个愉快的声音喊道。

卢多·巴格曼站在球场中央，旁边是克鲁姆和芙蓉。哈利和塞德里克跨过一道道矮墙，朝他们走去。哈利走近时，芙蓉朝他露出灿烂的微笑。自从哈利把芙蓉的妹妹从湖里救出来以后，她对他的态度有了一百八十度的转变。

“怎么样,你们觉得？”哈利和塞德里克翻过最后一道矮墙时，巴格曼愉快地问，“进展不错，是不是？再有一个月，海格就会把它们变成二十英尺高。不要担心，”他看见哈利和塞德里克脸上不快的表情，笑着说道，“争霸赛项目一结束，你们的魁地奇球场就会恢复原样！好了，我想你们大概猜得出我们在这里要做什么吧？”

一时间没有人说话，然后——

“迷宫。”克鲁姆粗声粗气地说。

“对了！”巴格曼说,“是一个迷宫。第三个项目非常简单明确。三强杯就放在迷宫中央,哪位勇士第一个碰到它,就能获得满分。”

“我们只要通过迷宫就行了？”芙蓉问。

“会有许多障碍,”巴格曼欢快地说,一边踮着脚跳来跳去,“海格提供了一大堆动物……还有一些必须解除的咒语……诸如此类的东西，你们知道。记住，得分领先的勇士首先进入迷宫。”巴格曼对哈利和塞德里克微笑着，“接着克鲁姆先生进去……最后是德拉库尔小姐。但你们都必须拼搏才会成功，就看你们穿越障碍的能力了。应该很好玩的，是吧？”

海格在这种场合会提供什么样的动物，哈利真是再清楚不过了，那可是一点也不好玩的。不过，他还是像其他勇士一样礼貌地点了点头。

“很好……如果你们没有问题，我们就回城堡去吧，好吗？这里有点冷……”

大家一起跨过不断增长的矮墙时，巴格曼匆匆走在哈利身边。哈利感到巴格曼又要提出帮助他了，可就在这时，克鲁姆拍了拍哈利的肩膀。

“可以跟你说句话吗？”

“可以，没问题。”哈利说，微微有些吃惊。

“你跟我走走，好吗？”

“行。”哈利好奇地说。

巴格曼显得有点儿心烦意乱。“我在这里等你，哈利，行吗？”

“噢，不用了，巴格曼先生，”哈利忍住笑，说道，“我想我自己能找到城堡，谢谢了。”

哈利和克鲁姆一起离开了球场，但克鲁姆并没有朝德姆斯特朗大船的那个方向去，而是走向了禁林。

“为什么走这条路？”哈利问，这时他们经过了海格的小屋和灯火闪亮的布斯巴顿马车。

“不想被人听见。”克鲁姆简短地说。

他们终于来到一片幽静的空地上，离布斯巴顿骏马的马厩还有一段距离，克鲁姆在树下停住脚步，转身望着哈利。

“我想知道，”他沉着脸，说，“你和赫—米—恩是怎么回事。”

哈利刚才看到克鲁姆那副讳莫如深的样子，还以为他要说什么非常严肃的事情呢。他惊愕地望着克鲁姆。

“没有什么。”他说。但克鲁姆仍然虎视眈眈地瞪着他。哈利又觉得克鲁姆的个头真高啊，便赶紧把话说得更明白些：“我们是朋友。她不是我的女朋友，从来不是。都是斯基特那个女人胡乱造谣的。”

“赫—米—恩经常谈起你。”克鲁姆说，将信将疑地看着哈利。

“是啊，”哈利说，“我们是朋友嘛。”

他真不敢相信自己竟与威克多尔·克鲁姆谈论这个话题，克鲁姆可是大名鼎鼎的国际魁地奇球员啊。十八岁的克鲁姆似乎把他，哈利，看成了一个旗鼓相当的人——一个真正的对手——

“你们从来没有……你们没有……”

“没有。”哈利非常肯定地说。

克鲁姆显得开心一些了。他瞪着哈利看了几秒钟，说：“你飞得很棒。我看了第一个项目。”

“谢谢。”哈利说，他轻松地笑着，一下子觉得自己高了许多，“我在魁地奇世界杯赛上看见你了。朗斯基假动作，你真——”

突然，克鲁姆身后的树丛中出现了异常动静。哈利对隐藏在禁林里的东西有过一些经验，他本能地抓住克鲁姆的胳膊，把他拉了过来。

“是什么？”

哈利摇了摇头，盯着刚才有动静的地方。他把手伸进长袍，摸索魔杖。

这时，一个男人突然跌跌撞撞地从一棵高高的橡树后走了出来。哈利一时没有认出来……然后，他反应过来了，是克劳奇先生。

他看上去在外面漂泊了许多日子，长袍的膝部被撕破了，血迹斑斑，脸上也布满伤痕，胡子拉碴，面容灰白而憔悴。他原本整洁的头发和胡子都需要清洗和修剪了。克劳奇先生模样固然奇特，但更古怪的是他的行为。他嘴里不停地嘀嘀咕咕，还打着手势。他似乎在跟什么人说话，而这个人只有他自己才能看见。哈利一看见他，就想起有一次和德思礼一家出去买东西时碰到的一个老流浪汉。那人也是这样疯疯癫癫地对着空气说个不停。佩妮姨妈抓住达力的手，把他拉到马路对面，躲开那个疯子。弗农姨父则借题发挥，向全家人没完没了地唠叨他准备怎样对待乞丐和流浪汉。

“他不是个裁判吗？”克鲁姆盯着克劳奇先生问道，“他不是你们魔法部的人吗？”

哈利点了点头。他迟疑了片刻，然后慢慢朝克劳奇先生走去。克劳奇先生没有看他，只管对旁边的一棵树说个不停。“……韦瑟比，你办完这件事之后，就派一只猫头鹰给邓布利多送信，确认一下德姆斯特朗参加争霸赛的学生人数，卡卡洛夫捎信说有十二个……”

“克劳奇先生？”哈利小心地说。

“……然后再派一只猫头鹰给马克西姆女士送信，她可能也要增加学生人数，因为卡卡洛夫的人数增加到了十二个……就这么办吧，韦瑟比，行吗？行吗？行……”克劳奇先生眼珠突出。他站在那里，眼睛直勾勾地瞪着那棵树，嘴里无声地念叨着。然后，他朝旁边踉跄几步，扑通跪倒在地。

“克劳奇先生？”哈利大声叫道，“你没事吧？”

克劳奇的眼珠向上翻着。哈利扭头望望克鲁姆。克鲁姆也进了树丛，警惕地低头看着克劳奇。

“他怎么啦？”

“不知道，”哈利低声说，“听着，你最好赶快去叫人——”

“邓布利多！”克劳奇先生大口喘着气说，他扑过来，一把抓住哈利的长袍，把哈利拉到自己身边，但眼睛却直直地盯着哈利头顶上方。“我要……见……邓布利多……”

“好的，”哈利说，“只要你起来，克劳奇先生，我们就去找——”

“我做了……一件……蠢事……”克劳奇喘着气说，看上去完全疯了，眼珠向外突出，滴溜溜地乱转，口水顺着下巴滴落，说的每个字似乎都费尽了全力，“一定要……告诉……邓布利多……”

“起来，克劳奇先生，”哈利声音很响很清楚地说，“快起来，我带你去见邓布利多！”

克劳奇先生的眼珠转了过来，瞪着哈利。

“你……是谁？”他小声地问。

“我是学校的一名学生。”哈利说，一边扭头望着克鲁姆，希望他能过来帮一把，但克鲁姆缩在后面，神情非常紧张。

“你不是……他的人？”克劳奇轻声问，嘴巴往下耷拉着。

“不是。”哈利说，一点儿也不明白克劳奇在说什么。

“是邓布利多的人？”

“对。”哈利说。

克劳奇把他拉得更近一些。哈利想松开克劳奇抓住他长袍的手，但克劳奇抓得太紧了。

“给邓布利多……提个醒……”

“如果你放开我，我就去找邓布利多。”哈利说，“放开我，克劳奇先生，我去找他……”

“谢谢你，韦瑟比，你办完那件事后，我想喝杯茶。我妻子和儿子很快就要来了，我们今晚要和福吉夫妇一起去听音乐会。”克劳奇又对着一棵树滔滔不绝地说开了，似乎一下子就把哈利忘到了脑后。哈利惊讶极了，竟没有注意到克劳奇已经松开了他。“是的，我儿子最近通过了十二项 O.W.L. 考试，成绩很令人满意，谢谢你，是的，确实很为他骄傲。好了，如果你能把安道尔魔法部长的那份备忘录拿给我，我大概会有时间起草一封回信……”

“你在这里陪他！”哈利对克鲁姆说，“我去叫邓布利多，我知道他的办公室在哪儿，可以快一些——”

“他疯了。”克鲁姆迟疑地说，低头望着克劳奇。克劳奇仍然对着那棵树喋喋不休，似乎认定那就是珀西。

“你在这陪着他。”哈利说完，准备起身离开，但他的动作似乎刺激了克劳奇先生，他又猛地改变姿态，一把抱住哈利的膝盖，再一次把他拖倒在地。

“不要……离开……我！”他小声说，眼球又突了出来，“我……逃出来了……必须提醒……必须告诉……我要见邓布利多……都怪我……都怪我……伯莎……死了……都怪我……我儿子……都怪我……告诉邓布利多……哈利·波特……黑魔头……强壮起来了……哈利·波特……”

“只要你放开我，我就去找邓布利多，克劳奇先生！”哈利说，他恼怒地扭头看着克鲁姆，“你能不能帮帮我？”

克鲁姆一副忧心忡忡的样子，他走上前，蹲在克劳奇先生身边。

“你把他稳在这里，”哈利说，一边从克劳奇先生手里挣脱出来，“我领邓布利多回来。”

“快点，好吗？”克鲁姆在哈利身后喊道。哈利飞快地跑出禁林，奔过漆黑的场地。场地上空无一人。巴格曼、塞德里克和芙蓉都不见了。哈利三步并作两步登上石阶，穿过橡木大门，蹿上大理石楼梯，朝三楼跑去。

五分钟后,他飞速奔向空空的走廊中央立着的一只滴水嘴石兽。

“柠—柠檬雪宝糖！”他气喘吁吁地对怪兽说。

这是通往邓布利多办公室的秘密楼梯的口令——至少两年以前是这样。然而，显然口令已经变了，石兽并没有活动起来跳到一边，而是一动不动地站着，恶狠狠地瞪着哈利。

“闪开！”哈利冲它大喊，“快点儿！”

可是，霍格沃茨从来没有哪样东西是你冲它嚷嚷就会闪开的。哈利知道这不管用。他在漆黑的走廊里东张西望。也许邓布利多在教工休息室里？他又开始拼命朝楼梯奔去——

“波特！”

哈利猛地刹车，停住了。他回过头。

斯内普刚从滴水嘴石兽后面的秘密楼梯里出来。就在他招手让哈利回去时，他身后的墙壁才慢慢合上。“你在这儿干什么，波特？”

“我要见邓布利多教授！”哈利说，一边顺着走廊跑回去，然后哧溜一下，停在斯内普面前，“是克劳奇先生……他出现了……在禁林里……他提出要——”

“什么胡话？”斯内普说，两只黑眼睛闪闪发亮，“你在说些什么？”

第 28 章　克劳奇先生疯了

“克劳奇先生！”哈利喊道，“部里的官员！他不知是病了还是怎么着——在禁林里，他想见邓布利多！快把口令告诉我——”

“校长很忙，波特。”斯内普说。他薄薄的嘴唇扭曲着，露出一个难看的笑容。

“我要去告诉邓布利多！”哈利嚷道。

“你没有听见我的话吗，波特？”

哈利看得出来，斯内普在他这样惊慌失措时不让他得到想要的东西，心里正感到快意得很呢。

“是这样，”哈利气愤地说，“克劳奇不大对头——他——他脑子不正常了——他说他想提醒——”

斯内普身后的石墙滑动着打开了，邓布利多站在那里，穿着长长的绿袍子，脸上带着略感惊奇的表情。

“出问题了？”他问，看看哈利，又看看斯内普。

“教授！”哈利不等斯内普说话，就横跨一步，说道，“克劳奇先生在这里——就在禁林里，他想跟你说话！”

哈利以为邓布利多会提一些问题，但邓布利多什么也没问，这使他松了口气。“在前面领路。”邓布利多毫不迟疑地说，跟着哈利沿走廊匆匆离去，留下斯内普独自站在滴水嘴石兽旁边发呆，脸上的表情更难看了。

“克劳奇先生说了什么，哈利？”他们飞快地跑下大理石楼梯时，邓布利多问。

“说他想提醒你……说他做了件可怕的事……还提到他的儿子……和伯莎·乔金斯……还有——还有伏地魔……好像是说伏地魔变得强壮了……”

“真的？”邓布利多说，一边加快步伐，匆匆走到外面漆黑的夜色中。

“他的行为很不正常，”哈利在邓布利多身边快步走着，说道，“他好像不知道自己在什么地方。他不停地说话，似乎以为珀西·韦斯莱在那里，然后突然就变了，说是要见你……我让威克多尔·克鲁姆看住他。”

“是吗？”邓布利多警觉地问，脚步迈得更大了，哈利必须跑步才能跟上，“你知道还有谁看见了克劳奇先生吗？”

“没有了。”哈利说，“当时克鲁姆和我在谈话，巴格曼先生刚跟我们讲完第三个项目的内容，我们俩留在后面，后来就看见克劳奇先生从禁林里出来了——”

“他们在哪儿？”邓布利多问，布斯巴顿的马车在黑暗中隐约可见。

“那边。”哈利说着，赶到邓布利多前面，领着他穿过树丛。他听不见克劳奇的声音，但知道他没有走错，那地方就在布斯巴顿马车再过去一点儿……差不多就在这里……

“威克多尔？”哈利喊道。

没有人回答。

“刚才他们在这里的，”哈利对邓布利多说，“肯定就在这附近……”

“荧光闪烁。”邓布利多说，把魔杖点亮举了起来。

这道窄窄的光柱在漆黑的树干间来回移动，照亮了下面的土地，然后落在一双脚上。

哈利和邓布利多赶紧上前。克鲁姆蜷缩着躺在禁林的地上，看上去神志不清。周围没有克劳奇先生的影子。邓布利多弯下腰，轻轻翻开克鲁姆的一只眼皮。

“中了昏迷咒。”他轻声说。他朝周围的树丛张望，半月形的镜片在魔杖的微光中闪烁。

“要不要我去叫人？”哈利说，“庞弗雷女士？”

“不要，”邓布利多很快地说，“待在这儿别动。”

他高高举起魔杖，指着海格小屋的方向。哈利看见一个银色的东西从魔杖里喷出，像一只苍白的鸟，在树丛间一闪而过。然后邓布利多又朝克鲁姆俯下身子，用魔杖指着他，低声念道：“快快复苏。”

克鲁姆睁开眼睛，脸上一片茫然。他一看见邓布利多就挣扎着想坐起来，但邓布利多把一只手放在他肩膀上，让他躺着别动。

“他袭击了我！”克鲁姆伸手捂着脑袋，喃喃地说，“那个老疯子袭击了我！我正在张望波特去了哪里，他就从后面对我下手了！”

“静静地躺一会儿。”邓布利多说。

一阵打雷般的脚步声传入他们耳中，海格气喘吁吁地出现了，身后跟着牙牙。海格手里拿着他的弩。

“邓布利多教授！”他说，眼睛睁得溜圆，“哈利——你怎么——？”

“海格，你赶紧去把卡卡洛夫教授叫来，”邓布利多说，“他的学生被人袭击了。然后，麻烦你再通知一下穆迪教授——”

“没有必要了，邓布利多，”一个低沉的声音呼哧呼哧地说，“我在这儿呢。”穆迪拄着拐杖，一瘸一拐地向他们走来，他的魔杖也亮着。

“该死的腿，”他气恼地说，“应该快点赶来的……出了什么事？斯内普好像说克劳奇——”

“克劳奇？”海格不解地问。

“海格，快去叫卡卡洛夫！”邓布利多严厉地说。

“噢，好的……没问题，教授……”海格说完就转身消失在漆黑的树丛中，牙牙小跑着跟在后面。

“我不知道巴蒂·克劳奇在哪里，”邓布利多对穆迪说，“但我们必须找到他。”

“我这就去找。”穆迪粗声粗气地说，随即举起魔杖，瘸着腿钻进了禁林。

邓布利多和哈利都没有说话，后来他们听见了动静，毫无疑问是海格和牙牙回来了。卡卡洛夫匆匆跟在后面，穿着那件又光又滑的银白色毛皮长袍，脸色苍白，神色焦虑。

“这是怎么回事？”他看见克鲁姆躺在地上，邓布利多和哈利守在旁边，便惊呼道，“出了什么事？”

“我被人袭击了！”克鲁姆说，他慢慢坐了起来，用手揉着脑袋，“听说那个人叫什么克劳奇先生——”

“克劳奇袭击了你？克劳奇袭击了你？三强争霸赛的裁判？”

“伊戈尔——”邓布利多想说话，但卡卡洛夫挺直身体，拽紧裹在身上的毛皮长袍，脸色铁青。

“骗局！”他指着邓布利多吼道，“这是一个阴谋！你和你们魔法部用虚假的借口把我诱骗到这里，邓布利多！这不是一场公平的竞争！首先，你们偷偷地把波特塞进来比赛，尽管他年龄不够！现在，你们魔法部的一位朋友又想使我的勇士失去战斗力！在整个事件中，我嗅出了欺骗和腐败，还有你，邓布利多，你口口声声谈什么增进国际巫师界的联系，什么恢复过去良好的关系，什么忘记昔日的分歧——我现在才明白你是个什么样的人！”

卡卡洛夫往邓布利多脚下吐了口痰。说时迟那时快，海格一把抓住卡卡洛夫毛皮长袍的前襟，把他举了起来，狠狠抵在旁边的一棵树上。

“快道歉！”海格吼道，卡卡洛夫呼哧呼哧地喘气，海格粗大的拳头抵着他的喉咙，他的双脚悬在了半空。

“海格，住手！”邓布利多喊道，眼睛锐利地闪烁着。

海格松开了把卡卡洛夫钉在树上的手，卡卡洛夫顺着树干滑下来，在树根旁瘫作一团。一些树枝和树叶下雨般地落在他头上。

“麻烦你护送哈利返回城堡，海格。”邓布利多厉声说道。

海格沉重地喘着气，狠狠地瞪了卡卡洛夫一眼。“也许我最好留在这里，校长……”

“你陪哈利回学校，海格。”邓布利多又说了一遍，口气十分坚决，“把他直接送到格兰芬多塔楼。哈利——我希望你待在那里别动。不管你想做什么——比如说想派几只猫头鹰出去送信什么的——都可以等到明天早晨，你明白我的意思吗？”

“呃——明白。”哈利望着他回答。此时此刻，他确实想派小猪赶紧送一封信给小天狼星，把所发生的事情告诉他，可是邓布利多怎么会知道呢？

“我把牙牙留给你吧，校长。”海格说，一边气势汹汹地瞪着卡卡洛夫。卡卡洛夫仍然蜷缩在树下，纠缠在乱糟糟的长袍和树根中。“别动，牙牙。走吧，哈利。”

他们默默地经过布斯巴顿的马车，朝城堡走去。

“他好大的胆子，”他们大步走过小湖时，海格气呼呼地说，“他怎么敢指责邓布利多，就好像邓布利多做了那种事情似的，就好像邓布利多故意让你参加比赛似的。他可真操心哪！我还没见过邓布利多像最近这样操心呢。还有你！”海格突然怒气冲冲地对哈利说，哈利大吃一惊，抬头望着他，“你和那个克鲁姆一起散什么步？他是德姆斯特朗的，哈利！他很可能在这里对你下毒手，不是吗？难道穆迪什么都没有教你吗？想象一下吧，你被他骗得不知不觉——”

“克鲁姆挺好的！”哈利说，这时他们正登上通往门厅的石阶，“他没想对我下毒手，他只想跟我谈谈赫敏——”

“我也要给赫敏提个醒，”海格噔噔噔地走上台阶，严肃地说，“你们这帮人少跟那些外国人打交道，越少越好。他们谁都不可信。”

“你原先和马克西姆女士相处得还不错呢。”哈利恼火地说。

“不许跟我提她！”海格说，神情一时间有些吓人，“我现在把她看透了！又想来讨我的好，想让我告诉她第三个项目是什么！哈哈！他们一个也不能相信！”

海格的情绪糟透了，哈利在胖夫人面前跟他告别时，感到总算松了口气。哈利从肖像洞口爬进公共休息室，快步走向罗恩和赫敏坐的那个墙角，把刚才发生的事全都告诉了他们。

第29章

噩　梦

“照这样说，”赫敏揉着额头说，“不是克劳奇袭击了威克多尔，就是什么人趁威克多尔不注意时袭击了他们俩。”

“肯定是克劳奇，”罗恩马上说，“所以哈利和邓布利多赶到那儿时他已经不见了。溜得够快的。”

“我认为不会，”哈利摇了摇头说，“他看上去很虚弱——我想他不会幻影移形什么的。”

“你不可能在霍格沃茨的场地上幻影移形，我跟你们讲过多少遍了？”赫敏说。

“哎……会不会是这样，”罗恩兴奋地说，“克鲁姆袭击了克劳奇——我还没说完——然后给他自己施了个昏迷咒！”

“然后克劳奇先生变成蒸气挥发了，是不是？”赫敏冷冷地说。

“啊，这个……”

天刚放亮，哈利、罗恩和赫敏就早早溜出宿舍，赶到猫头鹰棚屋给小天狼星发信。现在他们站在那里眺望雾蒙蒙的场地，三个人都眼皮浮肿，脸色苍白，因为他们昨天夜里为克劳奇先生的事讨论到很晚。

“再讲一遍吧，哈利，”赫敏说，“克劳奇先生到底说了什么？”

“我告诉过你了，他当时语无伦次，”哈利说，“说要给邓布利多提个醒。他肯定提到了伯莎·乔金斯，好像认为伯莎已经死了，还一个劲儿地说都是他的错……他还提到了他的儿子。”

“对，那当然是他的错。”赫敏恼火地说。

“他精神错乱了，”哈利说，“有一半时间好像以为他妻子和儿子还活着，他老是跟珀西讲工作上的事，给珀西下指示。”

“哎……他说神秘人什么来着？”罗恩试探地问。

“我说过了，”哈利闷闷地说，“他说那人在强壮起来。”

一阵沉默。

罗恩假装很肯定地说：“可你说他精神错乱了，所以他的话大概有一半是疯话……”

“提到伏地魔的那会儿是他最清醒的时候，”哈利说，那个名字把罗恩吓得畏缩了一下，“他话都说得不连贯，但那时似乎知道自己在哪里，知道他想干什么。他不停地说要见邓布利多。”

哈利从窗口走开，抬头望着房顶上的椽子。那些栖木有一半空着，不时有一只猫头鹰从窗口扑进来，嘴里叼着夜里捕到的田鼠。

“要不是斯内普截住我，我们是能及时赶到的。”哈利愤愤地说，“‘校长很忙，波特……真是一派胡言，波特。’他为什么就不能让开呢？”

“也许他根本就不希望你们赶过去！”罗恩马上说道，“也许——对了——你认为他到禁林要多长时间？他会不会抢在了你和邓布利多前面？”

“除非他把自己变成一只蝙蝠什么的。”哈利说。

“也不是不可能。”罗恩嘟哝道。

“我们需要去见穆迪教授，”赫敏说，“看他找到克劳奇先生没有。”

“如果他带着活点地图，找起来应该不难。”哈利说。

“除非克劳奇已经出了这片场地，”罗恩说，“因为地图只画到校园边界，对不——”

“嘘！”赫敏突然说。

有人在楼梯上朝猫头鹰棚屋走来。哈利听到两个声音在争吵，越来越近。

“——那是敲诈，我们会惹出一大堆麻烦的——”

“——客气的办法我们已经试过，现在该做一回小人了，就像他一样。他肯定不想让魔法部知道他干的勾当——”

“我告诉你，如果你把这写下来，就是敲诈！”

“是啊，如果我们能大赚一笔，你就不会抱怨了，对吧？”

猫头鹰棚屋的门砰的一下被推开了。弗雷德和乔治跨进门槛，看见哈利、罗恩和赫敏，他们俩顿时呆住了。

“你们来这儿干什么？”罗恩和弗雷德同时问道。

“发信。”哈利和乔治异口同声地回答。

“什么，在这个时候？”赫敏和弗雷德一起说。

弗雷德咧嘴一笑。“好吧——我们不问你们在干吗，只要你们别问我们。”

他手里捏着一个封好的信封。哈利瞟了一眼，可是弗雷德的手不知是无心还是有意地动了一下，盖住了信封上的名字。

“行啦，不挡你们的路。”弗雷德装模作样地鞠了一躬，用手指着门口。

罗恩没有动。“你们要敲诈谁？”他问。

弗雷德脸上的笑容消失了。哈利看到乔治瞟了一下弗雷德，然后对罗恩笑了起来。

“别傻了，我是开玩笑的。”他大大咧咧地说。

“听口气不像。”罗恩说。

弗雷德和乔治对视了一下。

弗雷德突然说：“我告诉过你，罗恩，要是你喜欢你鼻子现在的形状，就少管闲事。不明白你来搅和什么，不过——”

“要是你们在敲诈什么人，那就不是闲事。”罗恩说，“乔治说得对，你们会惹出大麻烦的。”

“跟你说了我是开玩笑嘛。”乔治说，他走到弗雷德身边，抽出他手里的信，绑到离他最近的一只谷仓猫头鹰的腿上，“你说话的口气有点像我们亲爱的哥哥了，罗恩。再这样下去你也会当上级长的。”

“不，我不会！”罗恩激烈地说。

乔治把谷仓猫头鹰抱到窗口，把它放走了。

他回身朝罗恩笑着。“好吧，那就别管这管那的了，再见。”

他和弗雷德离开了猫头鹰棚屋。哈利、罗恩和赫敏面面相觑。

“你认为他们会知道什么情况吗？”赫敏小声问，“关于克劳奇这件事？”

“不会，”哈利说，“如果是那么严重的事，他们会跟别人说的，会告诉邓布利多的。”

但罗恩显得有点儿不安。

“怎么啦？”赫敏问他。

“嗯……”罗恩慢吞吞地说，“我不知道他们会不会。他们……他们最近一门心思想着赚钱。我是跟他们在一起的时候发现的——就是在——你知道——”

“我们俩闹别扭不说话那会儿。”哈利替他说道，“我知道，可是敲诈……”

“他们想开一个笑话商店，”罗恩说，“我原以为他们那么说只是为了惹妈妈生气，没想到他们真打算开一个。他们在霍格沃茨只剩下一年了，总是说应该为将来筹划筹划。爸爸帮不了他们，他们开店需要钱。”

现在赫敏显得不安起来。“是啊，可是……他们不会为了赚钱去干违法的事吧？”

“会不会呢？”罗恩怀疑地说，“我不知道……他们对违反不违反纪律并不在乎，是吧？”

“不错，可这是法律啊，”赫敏惊恐地说，“不是什么愚蠢的学校纪律……敲诈的后果可比关禁闭严重得多，罗恩，你最好告诉珀西……”

“你疯了吗？”罗恩说，“告诉珀西？他会像克劳奇那样告发他们的。”他凝视着弗雷德和乔治的猫头鹰飞出去的那扇窗户，然后说，“走吧，我们去吃早饭。”

“你们觉得现在去看穆迪教授是不是太早了？”走下螺旋形

楼梯时赫敏问道。

“是啊，”哈利说，“要是我们天刚亮就把他吵醒，他会把我们轰出来的。他会以为我们想趁他睡着时偷袭他。还是等到下课吧。”

魔法史课从来没有像今天这样缓慢、难熬。哈利不停地看罗恩的手表，因为他终于把自己那块表扔掉了。可是罗恩的表走得那么慢，哈利简直断定它也坏了。三个人都疲倦不堪，真想伏在课桌上睡一觉。就连赫敏也没有像平常一样做笔记，只是用手支着脑袋，两眼无神地瞪着宾斯教授。

下课铃终于响了，他们匆匆跑进走廊，朝黑魔法防御术课的教室跑去，穆迪教授正好从教室里出来。他看上去和他们一样疲惫。那只正常眼睛的眼皮耷拉着，使他的脸看上去比平常更加歪斜。

“穆迪教授！”哈利喊道，他们正挤过人群走向他。

“你好，波特。”穆迪瓮声瓮气地说。他那只魔眼盯着两个一年级学生，他们赶紧加快脚步，显得有些紧张。然后那只眼睛翻向他的脑后，看着那两个学生转过了拐角，他才开始说话。“进来吧。”

他退后一步，让他们走进空荡荡的教室，自己也拖着瘸腿跟进来，关上了门。

“你找到克劳奇先生了吗？”哈利开门见山地问。

“没有。”穆迪走到讲台前坐下来，伸直他的木腿，轻轻呻吟了一声，从裤兜里掏出了酒瓶。

“你用地图了吗？”哈利问。

“当然用了，”穆迪对着瓶嘴痛饮了一口，“我也学你的样子，波特，把地图用召唤咒从我的办公室召到了禁林里，可是上面哪儿都找不到他。”

“那他真的幻影移形了？”罗恩说。

“在学校场地上你不可能幻影移形，罗恩！”赫敏说，“他要消失还有其他办法呢，是不是，教授？”

穆迪的那只魔眼微微颤动地看着赫敏。

“你也可以考虑以后当一名傲罗。”他对她说，“思路很正确，格兰杰。”

赫敏高兴得涨红了脸。

“嗯，他没有隐形，”哈利说，“地图上能显示隐形的人。他一定是离开场地了。”

“靠他自己的力量？”赫敏急切地问，“还是被别人弄走的？”

“对，可能是被人弄走的——可能被人拖到飞天扫帚上，带着飞走了，是吧？”罗恩迅速地说，一边期待地看着穆迪，好像也希望穆迪夸他具有傲罗的素质。

“不能排除绑架。”穆迪粗声说。

“那么，你认为他在霍格莫德村吗？”罗恩问。

“在任何地方都可能，”穆迪摇头说，“我们只能肯定他不在这里。”

他大大地打了个哈欠，脸上的伤疤都绷紧了，歪斜的嘴里缺了几颗牙齿都能看见。

然后他说：“对了，邓布利多告诉我，你们三个想当侦探，可是在克劳奇这件事上你们帮不了忙。邓布利多已经通知了魔法部，部里正在派人寻找。波特，你就专心准备第三个项目吧。”

“什么？”哈利说，“噢，好吧……”

自从他和克鲁姆昨晚离开迷宫之后，他已经把它忘得一干二净。

“这次你应该是熟门熟路，”穆迪抬眼看着哈利，一边挠着他那胡子拉碴、满是伤疤的下巴，“听邓布利多说，这种玩意儿你挑战成功过很多次。一年级的时候曾经闯过一系列保护魔法石的机关，是不是？”

“我们也帮了忙，”罗恩忙不迭地说，“我和赫敏。”

穆迪笑了。“好，再帮他准备这一次吧。如果他赢不了，我会感到非常惊讶的。”穆迪说，“同时……时刻保持警惕，波特。时刻保持警惕。”他又对着酒瓶长饮一口，那只魔眼转向窗外。从那里可以看见德姆斯特朗大船上最高的一片船帆。

“你们俩，”穆迪用那只正常的眼睛看着罗恩和赫敏说道，“要紧紧跟着波特，好吗？我也在密切注意事态的发展，不过……多几双眼睛总是好的。”

第二天早上，小天狼星就把他们的猫头鹰派了回来。它拍着翅膀落在哈利身边，与此同时，一只黄褐色的猫头鹰落在赫敏面前，嘴里叼着一份《预言家日报》。赫敏拿起报纸，翻了翻前几版，说：“哈！那女人还不知道克劳奇的事！”然后她和罗恩、哈利一起读小天狼星的信，看他对前天晚上的神秘事件有什么说法。

哈利——你以为这是好玩的吗？和威克多尔·克鲁姆走

到禁林里去！我要你在回信里发誓，再也不半夜跟别人出去瞎逛了。霍格沃茨有一些非常危险的人物。我认为他们显然是想阻止克劳奇去见邓布利多，在黑暗中你也许离他们只有几步之遥。你本可能送命的。

你的名字出现在火焰杯里绝非偶然。如果有人要袭击你，这是他们最后的机会。同罗恩和赫敏待在一起，放学后不要离开格兰芬多塔楼。好好准备第三个项目，练习昏迷咒和缴械咒，学一两个恶咒也没有坏处。克劳奇的事你管不了，还是埋头照顾好你自己吧。我等你回信，你要向我保证不再有越轨行为。

小天狼星

“他是谁呀，来教训我不要有越轨行为？”哈利把小天狼星的信折了起来，放到长袍内侧的口袋里，有些生气地说，“他自己在学校里还干了那么多荒唐事呢！”

“他是为你担心！”赫敏尖锐地说，“就像穆迪和海格一样。你必须听他们的！”

“整整一年都没有人对我下手，”哈利说，“没有人敢对我做任何事情——”

“但是有人把你的名字放进了火焰杯，”赫敏说，“他们那样做一定是有原因的，哈利。‘伤风’说得对，也许他们在等待时机。也许他们想在比赛时对你下手。”

“好吧，”哈利不耐烦地说，“就算‘伤风’是对的，而且有人把克鲁姆击昏后绑架了克劳奇。那他们准是躲在我们附近的树丛里，对不对？可他们是等我走开之后才下手的，对不对？这么看来，我不是他们攻击的目标，对不对？”

“要是他们在禁林中杀害你，就不可能弄得像一次意外事故。”赫敏说，“可是如果你在比赛中遇难——”

“可他们对克鲁姆下手倒无所顾忌，是吧？”哈利问，“为什么不同时把我干掉呢？他们可以假装克鲁姆和我决斗嘛。”

“哈利，我也不明白，”赫敏一筹莫展地说，“我只知道正在发生许多蹊跷的事情，我不喜欢……穆迪说得对——‘伤风’说得也对——你应该好好准备第三个项目的比赛了，立即开始。你还要给‘伤风’回信，保证不再一个人溜出去。”

哈利被迫待在房间里之后，觉得霍格沃茨的场地从来没有这样诱人。后来几天的空闲时间里，他不是跟赫敏和罗恩在图书馆查找恶咒，就是和他们偷偷溜进没人的空教室里练习。哈利专心练习昏迷咒，他以前从没使用过这种咒语。只是罗恩和赫敏要做出一些牺牲了。

“我们能不能绑架洛丽丝夫人？”星期一中午罗恩提议道，他仰面朝天躺在魔咒课教室的地板上，刚才连续五次被哈利击昏又弄醒，“用它来练习练习。或者用多比，哈利，我打赌他为了你什么都肯做的。我不是抱怨，”——他小心翼翼地站起来，揉着后背——“可我浑身都疼……”

“你老是不摔在垫子上！”赫敏不耐烦地说，一边整理着他们练驱逐咒时用过的那堆垫子，弗立维把它们留在了柜子里，“你要往后摔！”

“被击昏后不可能瞄得那么准，赫敏！”罗恩生气地说，“你为什么自己不试试？”

“哦，我想哈利已经掌握了，”赫敏忙说，“缴械咒用不着担心，他早就会用了……我想今晚我们应该练几个恶咒。”

她低头看着他们在图书馆开的单子。

“我觉得这个不错，”她说，“障碍咒，可以截住任何企图袭击你的东西。哈利，我们就从这个开始吧。”

铃声响了，他们匆匆把垫子塞回弗立维的柜子，溜出了教室。

“晚饭见！”赫敏说。她去上算术占卜课，哈利和罗恩去北楼上占卜课。耀眼的金色阳光透过走廊的高窗投下宽宽的光带，窗外的蓝天明亮得如同刚上过一层釉。

“特里劳尼的教室准热得像蒸笼一样，她从来不把火炉熄掉。”他们走上通向银色梯子和活板门的楼梯时，罗恩说道。

给他说中了，那间昏暗的教室里热得让人喘不过气来。熏香的味道比往常更加浓郁。哈利走到一扇拉着窗帘的窗户前，感到脑袋发昏。他趁特里劳尼教授看着另一边，解去挂在灯上的披巾时，偷偷把窗户打开了一条缝，然后靠在套着印度印花布的扶手椅上，一股轻风吹着他的脸，惬意极了。

“亲爱的，”特里劳尼教授坐到带翅的扶手椅上，用她那双大得出奇的眼睛扫视他们，“我们差不多已经讲完了行星占卜。但今天是研究火星作用的一个大好时机，因为它目前正处在非常有趣的位置上。请你们往这边看，我把灯关掉……”

她一挥魔杖，所有的灯都灭了。炉火成了唯一的光源。特里劳尼教授弯下腰，从椅子底下拿出一个装在圆玻璃罩里的小型太阳系模型。这个模型非常美丽，燃烧的太阳、九大行星[1]及它们的卫星悬浮在玻璃罩中，在各自的位置上熠熠闪烁。哈利懒洋洋地看着，特里劳尼教授开始讲解火星与海王星形成的奇妙夹角。浓郁的熏香朝哈利袭来，窗口透进来的轻风抚弄着他的面颊，可以听见窗帘后一只昆虫细细的嗡鸣，他的眼皮耷拉了下来……

他骑在一只雕枭的背上，在蔚蓝明亮的天空中飞翔，一直飞到山坡上一座爬满常春藤的老房子跟前。清风吹拂着哈利的脸庞，他们越飞越低，最后从顶楼一扇黑洞洞的破窗户里飞了进去。现在他们飞过一道阴暗的走廊，走廊尽头有一扇门……他们飞进门里，这是一间黑屋子，窗户都封上了……

哈利已经不在猫头鹰背上了……他看着猫头鹰穿过房间飞到一把背对着他的椅子上……椅子旁边的地上有两个黑色的影子……它们在动……

一个是一条大蛇……另一个是人……一个秃顶的小矮个儿男人，尖鼻子，眼睛泪汪汪的……他在炉边的地毯上喘气、抽泣……

“算你运气，虫尾巴，”一个冷酷而尖厉刺耳的声音从猫头鹰降落的椅子后传出，“你真是非常走运。你的失误没有把事情搞糟。他已经死了。”

“主人！”地上的男人叫道，“主人，我……我太高兴了……我非常抱歉……”

“纳吉尼，”那个冷酷的声音说，“你运气不好。我不打算用虫尾巴喂你了……不过没关系……还有哈利·波特……”

---

① 2006年更改为八大行星，本书写于2000年。

大蛇发出咝咝的声音。哈利看见它在吐芯子。

“现在，虫尾巴，”那冷酷的声音又说，“也许应该提醒你一下，我不能容忍你再犯错误……”

“主人……不要……求求你……”

椅子边露出了一根魔杖的尖梢，指着虫尾巴。“钻心剜骨！”那冷酷的声音说道。

虫尾巴痛苦地尖叫起来，好像他的每根神经都着了火似的。尖叫声灌进哈利的耳朵，他额头的伤疤火烧火燎般地疼起来，他也喊出了声……伏地魔会听见的，会发现他在那里……

“哈利！哈利！”

哈利睁开眼睛。他躺在特里劳尼教授的教室的地板上，双手捂着脸，伤疤依然火烧火燎地疼，把他的眼泪都疼出来了。这疼痛是真的。全班同学都站在周围，罗恩跪在他身边，看上去吓坏了。

“你没事吧？”罗恩说。

“他当然有事！”特里劳尼教授显得兴奋极了，她的大眼睛凝视着哈利，阴森森地朝他逼近，“怎么回事，波特？一个预兆？一个幻影？你看见了什么？”

“没什么。”哈利撒了个谎。他坐起来，感到自己在发抖。他忍不住四处张望，朝身后的阴影里仔细窥视，伏地魔的声音听上去近在咫尺……

“刚才你捂着伤疤！”特里劳尼教授说，“你捂着伤疤在地上打滚！说吧，波特，这些事我有经验！”

哈利抬头看着她。

“我想我需要去医院，”他说，“头疼得厉害。”

“亲爱的，你显然是受了我教室里的超视感应的影响！”特里劳尼教授说，“如果你现在走开，就没有机会看到你从来没有见过的未来——”

“我只想看到治头疼的办法。”哈利说。

他站了起来，全班同学纷纷退去，脸上都带着不安的神情。

“一会儿见。”哈利小声对罗恩说。他拎起书包朝活板门走去，没有理会特里劳尼教授。她一脸沮丧，仿佛被剥夺了一顿丰盛的宴席。

但是，哈利下了活梯之后并没有往校医院去。他根本没打算去那儿。小天狼星告诉过他如果伤疤再疼应该怎么办。哈利决定照他说的去做，现在就去邓布利多的办公室。他穿过走廊，一边想着梦里的情景……它和女贞路的那个惊醒他的梦一样真切……他回忆所有的细节，努力使自己不要忘记……他听见伏地魔责备虫尾巴犯了错误……可是猫头鹰带来了好消息，过错得到了弥补，什么人死了……虫尾巴不会被喂给蛇吃了……而他哈利将被用来喂蛇……

哈利只顾沉思，从邓布利多办公室入口处的石头怪兽旁走过都没有注意。他愣了一下，回头一望，才发现走过了，便又返回来，停在石兽前。这时他才想起他不知道口令。

“柠檬雪宝糖？”他试探地问道。

石兽一动不动。

“好吧，”哈利瞪着它说，“梨子硬糖。呃——甘草魔杖。滋滋蜜蜂糖。吹宝超级泡泡糖。比比多味豆……噢，不对，邓布利多教授不喜欢这个……你开开门行不行？”他恼火地说，“我真的要见他，有要紧的事！”

石兽还是纹丝不动。

哈利踢了它一脚，除了大脚趾钻心地疼之外，没起到任何效果。

“巧克力蛙！”他跳着脚气急败坏地嚷道，“糖棒羽毛笔！蟑螂串！”

石兽一下子活了，跳到一边。哈利愣住了。

“蟑螂串？”他吃惊地说，“我只是说着玩儿的……”

他急忙穿过墙上的缺口，踏上螺旋形的石头楼梯，大门在他身后关上了。楼梯缓缓地自动上升，把他送到了一扇闪闪发亮的橡木门前，门上带有黄铜门环。

办公室里有人说话。哈利走下自动楼梯，犹豫着停下脚步，侧耳倾听。

“邓布利多，我看不出有什么联系，一点也看不出！”是魔法部部长康奈利·福吉的声音，“卢多说伯莎很可能是迷路了。我也认为现在应该找到她了，但不管怎么说，我们没有发现任何行凶的迹象，邓布利多，一点也没有。至于把伯莎的失踪和巴蒂·克劳奇的失踪扯到一起，纯属乱弹琴！”

“部长，你认为巴蒂·克劳奇怎么样了？”穆迪的粗嗓门说道。

“我认为有两种可能，阿拉斯托，”福吉说，“克劳奇要么是彻底疯了——从他个人的经历来看，这是很可能的，我想你们也同意——他发了疯，迷迷糊糊，不知道走到什么地方去了——”

“如果是这样的话，他走得也太快了，康奈利。”邓布利多平静地说。

“要么……也许……”福吉的声音有些发窘，“也许，还是等我看过他被发现的地点之后再做判断吧。不过，你说他是在布斯巴顿的马车旁被发现的？邓布利多，你知道那个女人的底细吧？”

“我认为她是一位非常能干的女校长——而且舞跳得很好。”邓布利多平静地说。

“行了，邓布利多！”福吉生气地说，“你不认为你是为了海格的缘故而偏袒她吗？他们并不都是无害的——如果你能说海格没有危险，那他对巨大怪兽的那种痴迷——”

“我对马克西姆女士像对海格一样信任，”邓布利多仍是那样安详地回答，“我倒认为可能是你怀有偏见，康奈利。”

“我们能不能打住？”穆迪咆哮道。

“好，好，我们这就到场地上去。”福吉不耐烦地说。

“不，我不是这个意思。”穆迪说，“邓布利多，波特有话要对你说。他就在门外。”

第30章

冥 想 盆

办公室的门开了。

“你好，波特，”穆迪说，“进来吧。”

哈利走进屋内。他以前来过邓布利多的办公室，这是一个非常美丽的圆形房间，墙上挂着霍格沃茨历届校长的肖像画。他们都在沉睡，胸脯轻轻起伏着。

康奈利·福吉站在邓布利多的桌旁，穿着他平常穿的那件细条纹斗篷，手里拿着他的黄绿色礼帽。

“哈利！”福吉愉快地走过来说，“你好吗？”

“挺好的。”哈利没说实话。

“我们正在讲那天夜里克劳奇先生出现在场地上的事，”福吉说，“是你发现他的，对吗？”

“是的。”哈利说，他觉得假装没有听到他们的谈话是没有用的，就补充说，“不过我没有看见马克西姆女士，她要藏得那么好可不容易，是吧？”

邓布利多在福吉身后朝哈利微笑，眼睛闪闪发亮。

“哦,哦,”福吉显得有点尴尬,“我们打算去场地上走走,哈利,如果你不介意的话……你可以回到课堂上去了——”

“教授,我想跟你谈谈。”哈利看着邓布利多急促地说,邓布利多敏锐而探寻地看了他一眼。

“你在这里等我吧,我们查看场地用不了多长时间。”他说。

三个人默默地从哈利身边走出去,关上了房门。一分钟后,哈利听到穆迪的木头假腿在楼下走廊里渐渐远去。他开始环顾四周。

“你好,福克斯。”哈利说。

邓布利多教授的凤凰福克斯栖在门边的金色栖枝上,个头有天鹅那么大,鲜红色和金色的羽毛光彩夺目。它摇动着长长的尾羽,友善地朝哈利眨着眼睛。

哈利在邓布利多书桌前的一把椅子里坐下。有那么几分钟,他坐在那儿望着那些在相框里打盹的老校长们,想着刚才听到的话,一边用手抚摸着自己的伤疤,伤疤现在已经不疼了。

置身于邓布利多的办公室,而且知道马上就可以把那个梦告诉校长,哈利感觉平静多了。他朝桌子后面的墙上看去,那顶破旧的、打着补丁的分院帽搁在架子上。旁边的一个玻璃匣子里放着一把银光闪闪的宝剑,剑柄上镶有大颗的红宝石。哈利认出这正是他二年级时从分院帽里抽出的那把宝剑。它曾经属于哈利他们学院的创始人戈德里克·格兰芬多。哈利凝视着它,想起当他感到一切都完了的时候,是这把剑救了他。忽然,他发现玻璃匣上有一片银光在跳动闪烁。他环顾四周寻找亮光的来源,发现身后一个黑柜子的门没有关好,里面透出了一束明亮的银光。哈利迟疑了一下，看了看福克斯，然后起身穿过办公室走过去，拉开了柜门。

柜子里有一个浅浅的石盆，盆口有奇形怪状的雕刻：全是哈利不认识的字母和符号。银光就是由盆里的东西发出来的，哈利从没见过这样的物质，搞不清它是液体还是气体。它像一块明亮的白银，但在不停地流动，像水面在微风中泛起涟漪，又像云朵那样飘逸地散开、柔和地旋转。它像是化为液体的光——又像是凝成固体的风——哈利无法做出判断。

他想碰碰它，看是什么感觉。但在魔法世界将近四年的经验告诉他，把手伸进盛满未知物体的盆里是非常愚蠢的。于是他从袍子里抽出魔杖，紧张地看了看四周，又回来看着盆里的东西，然后对着盆里的物体戳了戳。银色物体的表面开始快速旋转。

哈利俯下身，脑袋完全伸进了柜子里。银色物体变得透明了，看上去像玻璃一样。他使劲往里面看，以为会看见石盆的底——可那神秘物质的表面下却是一间很大的屋子，他好像正通过一个圆形天窗朝屋子里看。

屋里光线昏暗，他猜想可能是在地下，因为四周没有窗户，只有像霍格沃茨那样的插在支架上的火把照亮了墙壁。哈利把脸凑近一些，鼻子离玻璃状物质只有一英寸了。他看到一排排巫师坐在四周阶梯式的长凳上，屋子正中央摆着一把空椅子。这椅子使哈利有一种不祥的感觉，因为它的扶手上缠着锁链，好像坐在上面的人常被绑起来。

这是什么地方？肯定不是霍格沃茨，哈利在城堡中没见过这样的房间。此外，盆底的神秘房间中的那些人都是成年人，哈利知道霍格沃茨绝没有那么多教师。他想这些人似乎是在等待着什么，尽管他只能看见他们的帽顶，但所有人的脸似乎都朝着一个方向，而且没有人说话。

盆是圆形的，而那间屋子是方形的，哈利看不到角落里的情况。他凑得更近一些，歪着脑袋，努力想看清楚……

他的鼻尖碰到了那种奇异物质的表面。

邓布利多的办公室突然剧烈倾侧过来——哈利的身体朝前一冲，头朝下栽进了盆里——

但他的头没有撞到盆底。他在一片冰冷漆黑的物质中坠落，仿佛被吸进了一个黑色的漩涡——

突然，哈利发现自己坐在盆底那间屋子尽头的一条长凳上，它比别的凳子都高。他抬头仰望高高的石头天花板，想找到刚刚那个圆形天窗，可是看到的只有暗黑坚固的石块。

哈利的呼吸紧张而急促。他扫视四周，没有一个巫师在看他（屋里至少有两百个巫师），似乎谁也没有注意到一个十四岁男孩刚刚从天花板上掉到了他们中间。哈利朝长凳上旁边的那位巫师一望，不禁惊叫起来，叫声在肃静的屋子里回响。

他旁边的那人正是阿不思·邓布利多。

“教授！”哈利几乎喘不过气来地小声说，“对不起——我不是有意的——我刚才只是看着你柜里的那只石盆——我——我们在哪儿？”

可是邓布利多没有动也没有说话，他根本就没有理睬哈利。他像长凳上的其他巫师一样盯着远处的屋角，那里有一扇门。

哈利迷惑地望着邓布利多，又望望那些沉默等候的众人，然后再转脸望望邓布利多。他突然想起来了……

以前，哈利也曾到过一个地方，那里的人都看不见他，也听不见说话。那次，他是通过一本施了魔法的日记本里的某一页掉进了另一个人的记忆中……如果他没有搞错的话，现在这种事再次发生了……

哈利举起右手，犹豫了一下，然后在邓布利多面前用力挥了挥。邓布利多没有眨眼，也没有扭头看哈利，他一动也没动。哈利认为这充分证明了自己的想法是对的。邓布利多绝不会对他这样视而不见。他此刻是在记忆里，这不是现在的邓布利多。但过去的时间不可能太久……身边的邓布利多和现在一样满头银发。可这是什么地方呢？这些巫师在等什么呢？

哈利仔细地打量四周。正如他从上面望下来时猜测的那样，这间屋子几乎可以肯定是在地下——他觉得它更像一个地牢。屋里有一种惨淡阴森的气氛，墙上没有画像，没有任何装饰，只有四周那一排排密密的长凳，阶梯式地排上去，从每一个座位都能清楚地看到那把带锁链的椅子。

哈利还没有想出这是什么地方，便听到一阵脚步声。地牢角落的门开了，走进来三个人——至少其中一个是人，被两个摄魂怪押送着。

哈利的五脏六腑顿时变得冰凉。那两个摄魂怪——那两个脸被兜帽遮着的高大怪物——缓缓地朝屋子中央的扶手椅滑去，死人般腐烂的双手紧抓着中间那人的胳膊。那人看上去快要晕倒了，哈利觉得这不能怪他……虽然哈利知道在记忆中摄魂怪伤害不到他，但他对它们的威力印象太深了，至今心有余悸。周围的人都显得有点胆怯，摄魂怪把那人放在带锁链的椅子上，缓步滑出房间，房门关上了。

哈利朝椅子上的男子看去，原来是卡卡洛夫。

与邓布利多不同，卡卡洛夫看上去比现在年轻多了，头发和胡须还是黑的。他穿的不是光滑的毛皮大衣，而是又薄又破的长袍。他在发抖。就在哈利注视的当儿，椅子扶手上的锁链突然发出金光，然后像蛇一样缠到卡卡洛夫的胳膊上，把他绑在了那里。

“伊戈尔 · 卡卡洛夫。”哈利左边一个声音很唐突地说。哈利转过头，看见克劳奇先生在旁边那条长凳中间站了起来。克劳奇的头发是黑的,脸上的皱纹比现在少得多。他看上去精神抖擞:“你被从阿兹卡班带出来向魔法部提交证据。你告诉我们，你有重要的情报要向我们汇报。”

卡卡洛夫尽可能挺直身体，他被紧紧绑在椅子上。

“是的，先生，”他的话音中充满恐惧，但哈利仍能听出那熟悉的油滑腔调，“我愿意为魔法部效劳。我愿意提供帮助——我知道魔法部正在——搜捕黑魔头的余党。我愿意竭尽全力协助你们……”

屋子里一阵窃窃私语。一些巫师感兴趣地打量着卡卡洛夫，另一些则带着明显的不信任。哈利清楚地听到邓布利多的另一侧有个熟悉的声音粗哑地说 :“渣滓。”

哈利越过邓布利多探头一看，是疯眼汉穆迪坐在那里——但他的外貌有明显的不同。他还没有魔眼，只有一双普通的眼睛，这双眼睛正盯着卡卡洛夫。穆迪两眼眯缝起来，带着强烈的厌恶。

“克劳奇要把他放了，”穆迪低声对邓布利多说，“他跟他达成了一笔交易。我花了六个月才抓到他，可现在只要他能供出很多我们不知道的人的名字，克劳奇就会放掉他。要我说，不妨先听听他的情报，然后再把他扔回给摄魂怪。”

邓布利多从歪扭的长鼻子里发出了一点不以为然的声音。

“啊，我忘了……你不喜欢摄魂怪，是吗？阿不思？”穆迪带着讥讽的微笑问道。

“是的，”邓布利多平静地说，“我不喜欢。我一直觉得魔法部和这些怪物搞在一起是错误的。”

“可是像这种渣滓……”穆迪轻声说。

“卡卡洛夫,你说你要告诉我们一些人的名字，”克劳奇说,“请说给我们听听。”

“你要知道，”卡卡洛夫急促地说，“那个神秘人行事一向非常诡秘……他希望我们——我是说他的党羽——我深深悔恨自己曾经与他们为伍——”

“少说废话。”穆迪嘲讽地说。

“——我们从来不知道所有同伙的名字——只有他清楚我们都有哪些人——”

“这一着很高明，对不对，卡卡洛夫，可以防止你这种人把他们全出卖了。”穆迪嘟哝道。

“你不是说知道一些人的名字吗？”克劳奇先生说。

“我——是的，”卡卡洛夫透不过气地说，“要知道，他们都是很重要的追随者。我亲眼看见他们按他的命令办事。我提供这些情报，以证明我彻底与他一刀两断，并且忏悔得不能再——”

“名字呢？”克劳奇先生厉声说。

卡卡洛夫深深吸了口气。

“有安东宁·多洛霍夫。”他说，“我——我看见他折磨过数不清的麻瓜和——和不支持黑魔头的人。”

“你也帮他一起干了。”穆迪嘀咕道。

“我们已经逮捕了多洛霍夫，”克劳奇说，“就在逮捕你之后不久。”

“是吗？”卡卡洛夫瞪大了眼睛，“我——我很高兴！”

但是他看上去并不高兴。哈利看出这个消息对他是个沉重的打击。他手里的一个名字已经没有用了。

“还有吗？”克劳奇冷冷地问。

“啊，有……还有罗齐尔，”卡卡洛夫急忙说，“埃文·罗齐尔。”

“罗齐尔已经死了，”克劳奇说，“也是在你之后不久被抓的。他不愿束手就擒，在搏斗中被打死了。”

“还带走了我的一点东西。”穆迪在哈利右边小声说。哈利再次扭头看他，他正指着鼻子上缺损的那一块给邓布利多看呢。

“这——罗齐尔是罪有应得！”卡卡洛夫的语调真的有点发慌了。哈利看出他开始担心他的情报对魔法部毫无用处。卡卡洛夫瞥了一眼屋角的那扇门，两个摄魂怪无疑还站在门后等着。

“还有吗？”克劳奇问。

“有！”卡卡洛夫说，“特拉弗斯——他协助谋杀了麦金农夫妇！还有穆尔塞伯——他专搞夺魂咒，强迫许多人做一些可怕的事情！卢克伍德，他是个奸细，从魔法部内部向那个连名字都不能提的人提供有用的情报！”

哈利看出这一次卡卡洛夫掘到了金矿。四周一片窃窃私语。

“卢克伍德！”克劳奇先生朝坐在面前的一位女巫点了点头，她便在羊皮纸上写了起来，“神秘事务司的奥古斯特·卢克伍德？”

“就是他，”卡卡洛夫急切地说，“我相信他利用一批安插在魔法部内外的巫师为他搜集情报——”

“可是特拉弗斯和穆尔塞伯是我们已经知道的。”克劳奇说，“很好，卡卡洛夫，如果只有这些，你将被送回阿兹卡班，等我们决定——”

“不要！”卡卡洛夫绝望地叫起来，“等一下，我还有！”

在火把的亮光中，哈利看到他在冒汗，苍白的皮肤与乌黑的须发形成鲜明的对比。

“斯内普！”他大声说，“西弗勒斯·斯内普！”

“斯内普已经被本委员会开释了，”克劳奇冷冷地说，“阿不思·邓布利多为他作了担保。”

“不！”卡卡洛夫喊了起来，用力想挣脱把他绑在椅子上的锁链，“我向你保证！西弗勒斯·斯内普是个食死徒！”

邓布利多已站了起来。“我已经就此事作证，”他平静地说，“西弗勒斯·斯内普确实曾经是食死徒。可他在伏地魔垮台之前就投向了我们一边，冒着很大的危险为我们做间谍。他现在和我一样，不是食死徒。”

哈利看看邓布利多身后的疯眼汉穆迪。穆迪脸上带着深深的怀疑。

“很好，卡卡洛夫，”克劳奇冷冷地说，“你协助了我们的工作。我将重审你的案子，你先回阿兹卡班……”

克劳奇的声音远去了。哈利环顾左右，地牢正在像烟雾一样消散，所有的东西渐渐隐去，他只能看见自己的身体——其他一切都变成了旋转的黑暗……

然后，地牢又出现了。哈利坐在了另一个位子上，仍然是最高的那排长凳，但现在他是在克劳奇先生的左边。气氛似乎与刚才大不相同：十分轻松，甚至很愉快。四周的巫师都在相互交谈，好像是在观看体育比赛。哈利注意到了对面中排的一个女巫，金色的短发，穿一件洋红色长袍，吮着一支刺眼的绿色羽毛笔的笔尖。毫无疑问，这是年轻一点的丽塔·斯基特。哈利朝两边望望，邓布利多还是坐在他身旁，换了一件长袍。克劳奇先生看上去比刚才疲倦，还显得有些凶狠，有些憔悴……哈利明白了。这是另一段记忆，另一个日子……另一次审讯。

屋角的门开了，卢多·巴格曼走了进来。

但这不是衰老的卢多·巴格曼，而是鼎盛时期的魁地奇球星卢多·巴格曼。他的鼻梁还没有断，身材瘦高，体格强壮。巴格曼坐到带锁链的椅子上时显得有些紧张，但那些锁链并没有像绑卡卡洛夫一样绑他。巴格曼似乎因此精神一振，扫视了一下四座的观众，朝几个人挥了挥手，脸上还露出了一丝微笑。

“卢多·巴格曼，你被带到魔法法律委员会面前，回答对你食死徒活动的指控。”克劳奇先生说，“我们听了检举你的证词，现在将要做出判决。在宣判之前你还有什么话要说？”

哈利不敢相信自己的耳朵。*卢多·巴格曼，食死徒？*

“只有一句，”卢多·巴格曼不自然地微笑道，“嗯——我知道我是个傻瓜——”

周围的席位上有一两个巫师宽容地笑了。克劳奇先生却不为所动。他居高临下地审视着卢多·巴格曼，一脸的严肃和厌憎。

“这话说得再对不过了，老兄。”有人在哈利身后干巴巴地对邓布利多小声说，哈利一回头，看见又是穆迪坐在那里，“要不是我知道他一向都不机灵，我会说是那些游走球对他的大脑造成了永久性影响……”

“卢多·巴格曼，你在向伏地魔的党羽传递情报时被抓获，”克劳奇先生说，“为此，我建议判处你在阿兹卡班监禁至少——”

但是四座一片愤怒的喊声。有几个靠墙的巫师站起来朝克劳奇先生摇头，甚至挥舞拳头。

“可我说过，我根本不知道！”巴格曼瞪大了圆圆的蓝眼睛，在起哄声中急切地喊道，“根本不知道！老卢克伍德是我父亲的朋友……我从没想到他会是神秘人的手下！我以为我是在为我们的人收集情报呢！卢克伍德一直说以后会为我在魔法部找一份工作……等我从魁地奇球队退役之后，你知道……我是说，我不能一辈子被游走球追着打，是不是？”

观众席上发出了哧哧的笑声。

“那就表决吧。”克劳奇先生冷冷地说，他转向地牢的右侧，“请陪审团注意……同意判处监禁的举手……”

哈利朝地牢右侧望去，没有一个人举手。许多巫师开始鼓掌。陪审团中有位女巫站了起来。

“怎么？”克劳奇吼道。

“我们想祝贺巴格曼先生上星期六在对土耳其的魁地奇比赛中表现出色，为英国队争了光。”女巫激动地说。

克劳奇先生看上去怒不可遏。地牢里掌声雷动，巴格曼站起来鞠躬微笑。

“混账，”巴格曼走出地牢时，克劳奇先生坐了下来，气呼呼地对邓布利多说，“卢克伍德真的给他找了一份工作……卢多·巴格曼来上班的那天将是魔法部不幸的日子……”

地牢又消失了。等它再次出现时，哈利环顾四周，他和邓布利多仍然坐在克劳奇先生旁边，可是气氛却截然不同。屋子里静悄悄的，只听到克劳奇先生旁边一个弱不禁风的女巫的抽噎声。她用颤抖的双手攥着一块手帕捂在嘴上。哈利仰头看看克劳奇，发现他的面色比以前更加憔悴、灰暗，太阳穴上一根青筋在抽动。

“带进来。”克劳奇的声音在寂静的地牢中回响。

屋角的门再次打开，六个摄魂怪押着四个人走了进来。哈利看到许多人转身望着克劳奇先生，有几个在交头接耳。

摄魂怪把四个人放在地牢中央的四把带锁链的椅子上。其中一个矮胖的男子茫然地望着克劳奇；另一个较瘦的男子显得更紧张一些，眼睛往观众席上四处瞟；一个女人头发浓密乌黑、眼皮下垂，瞧她那神气倒像坐在宝座上似的；还有一个十七八岁的男孩，看上去完全吓呆了，浑身发抖，稻草色的头发披散在脸上，生有雀斑的皮肤苍白如纸。克劳奇旁边那个纤弱的女巫开始前后摇晃，用手帕捂着嘴呜咽啜泣。

克劳奇站了起来，俯视着这四个人，脸上带着极端的憎恨。

“你们被带到魔法法律委员会面前听候宣判，”他吐字清晰地说，“你们的罪行如此恶劣——”

“父亲，”稻草色头发的男孩说，“父亲……求求你……”

“——在本法庭审理的案件中是少有的。”克劳奇先生提高嗓门，盖过了他儿子的声音，“我们听了对你们的指控，你们四人绑架了一名傲罗——弗兰克·隆巴顿，对他使用了钻心咒，想从他口里打探出你们流亡的主人，那个连名字都不能提的人的下落——”

“父亲，我没有！”被绑在椅子上的男孩尖叫道，“我没有，我发誓，父亲，不要把我送回摄魂怪那里——”

“指控还说，”克劳奇先生吼道，“弗兰克·隆巴顿不肯提供情报，你们就对他的妻子使用钻心咒。你们阴谋使那个连名字都不能提的人卷土重来，以恢复他强大时期你们过的那种暴力生活。现在我请陪审团——”

“母亲！”男孩高叫道，克劳奇旁边那个瘦小的女巫抽泣起来，身体前后摇晃，“母亲，阻止他，母亲，我没做那些事，不是我！”

“现在我请陪审团表决，”克劳奇先生大声说，“和我一样认为这些罪行应当被判处在阿兹卡班终身监禁的，请举手！”

地牢右侧的巫师齐刷刷地举起了手。四周的观众像审判巴格曼时那样鼓起掌来，脸上带着残酷的胜利表情。男孩开始尖声惨叫。

“不！母亲，不！不是我干的，不是我，我不知道！不要把我送到那里去，阻止他！”

摄魂怪又缓缓地滑进来。男孩的三个同伴默默地从椅子上站起，眼皮下垂的女人抬头对克劳奇喊道：“黑魔王还会回来的，克劳奇！把我们扔进阿兹卡班吧，我们等着！他会回来救我们。他会特别奖赏我们！只有我们是忠诚的！只有我们在设法寻找他！”

男孩竭力想摆脱摄魂怪，尽管哈利看出摄魂怪冰冷的吸力已开始对他产生作用。观众们在嘲笑，有些人站了起来。那个女人傲然走出了地牢，男孩还在反抗。

“我是你的儿子！”他向克劳奇高喊，“我是你的儿子！”

“你不是我的儿子！”克劳奇吼道，眼珠突然向外突起，“我没有儿子！”

瘦小的女巫倒吸一口气，瘫倒在凳子上。她晕过去了。克劳奇好像没看到似的。

“把他们带走！”他向摄魂怪咆哮，唾沫星子四溅，“带走，让他们在那里烂掉吧！”

“父亲！父亲，我没有参加！不要！不要！父亲，求求你！”

“哈利，我想我们该回我的办公室了。”一个声音在哈利耳边轻轻地说。

哈利吓了一跳。他回过头，然后又转脸看向另一边。

他的右边坐着一位阿不思·邓布利多，看着克劳奇的儿子被摄魂怪拽走——而他的左边还有一位阿不思·邓布利多，正在注视着他。

“来吧。”左边的邓布利多说着，伸手托住哈利的胳膊肘。哈利感到自己缓缓升到空中，地牢在消散，一时间只剩下漆黑一片。然后他觉得自己好像翻了一个慢动作的跟头，两脚突然落到地上，周围的光线令人目眩，他已经在邓布利多那间阳光明媚的办公室里了。那个石盆在他面前的柜子里闪闪发光，阿不思·邓布利多站在他身旁。

“教授，”哈利慌乱地说，“我知道我不应该——我不是有意的——柜门开着——”

“我非常理解。”邓布利多说。他端起石盆走到书桌前，把它放在光滑的桌面上，然后在桌后的椅子上坐下，招手让哈利坐在他对面。

哈利坐下来，眼睛盯着石盆。盆里的东西又变回了银白色的状态，在他眼前打着旋，泛着涟漪。

“这是什么？”哈利声音颤抖地问。

“这个吗？它叫冥想盆，”邓布利多说，“有时候我觉得脑子里塞了太多的思想和记忆，我相信你了解这种感觉。”

“呃。”哈利不能发自内心地说自己有过这样的感觉。

“这时我就使用冥想盆，”邓布利多指着石盆说，“把过量的思想从脑子里吸出来，倒进这个盆里，有空的时候再好好看看。你知道，在这种状态下更容易看出它们的模式和彼此之间的联系。”

“你是说……这东西是你的思想？”哈利瞪着盆里旋转的银色物质说。

“正是，”邓布利多说，“我让你看看。”

邓布利多从袍子里抽出魔杖，把杖尖插进他的银发，靠近太阳穴。当他拔出魔杖时，杖尖上好像粘了一些发丝——但哈利随即发现那其实是一小缕和盆中一样的闪光的银白色物质。邓布利多把这一点新思想加到盆里，哈利吃惊地看到自己的面孔在盆里浮动。

邓布利多用修长的双手捧住冥想盆，转动着它，像淘金者转动沙盘一样……哈利看到自己的脸渐渐化成了斯内普的脸。斯内普张开嘴，朝天花板说起话来，还带着一点儿回声："它又出现了……卡卡洛夫的也是……比以前任何时候更明显、更清楚……"

"我无须帮助也能发现这之间的联系，"邓布利多叹道，"不过没关系。"他从半月形的镜片上方凝视哈利。哈利正目瞪口呆地望着斯内普的脸在盆里继续旋转。"福吉先生来时我正在使用冥想盆，我匆匆忙忙把它收了起来，想必柜门没有关严，它自然会引起你的注意。"

"对不起。"哈利嗫嚅地说。

邓布利多摇了摇头。

"好奇心不是罪过，"他说，"但我们在好奇的时候应当小心……的确如此……"

他微微皱起眉头，用杖尖捣了捣盆里的思想。盆中立刻升起一个人形，是个十五六岁的姑娘，胖乎乎的，一脸不高兴。她开始慢慢地旋转，双脚还站在盆里。姑娘看也不看哈利和邓布利多教授。她开口说话时，也像斯内普那样带着回声，好像是从石盆深处传出来的一样。"他对我使用了魔法，邓布利多教授，我只不过逗了逗他。我只是说我上星期四看见他在温室后面和弗洛伦斯接吻……"

"可是，伯莎，"邓布利多抬头看着此刻默默旋转的女孩，悲哀地说，"你一开始为什么要跟着他呢？"

"伯莎！"哈利抬头看着那女孩，小声说，"她是——伯莎·乔金斯？"

"是的，"邓布利多又捣了捣盆里的思想，伯莎沉了下去，盆中再次变成了不透明的银白色，"那是我记忆里学生时代的伯莎。"

第30章 冥想盆

冥想盆中的银光照亮了邓布利多的面庞。哈利突然发觉他是那样苍老。他当然知道邓布利多已经上了年纪，但不知为什么，以前从没觉得他是个老人。

“哈利，”邓布利多和缓地说，“在你掉进我的思想里之前，你是有一些事要告诉我的。”

“是的，”哈利说，“教授——我刚才正在上占卜课，可是，呃——我睡着了。”

他迟疑了一下，以为要挨批评了，但邓布利多却说：“可以理解，讲下去。”

“嗯，我做了个梦，”哈利说，“梦见了伏地魔，他在折磨虫尾巴……你知道虫尾巴——”

“我知道，”邓布利多马上说，“往下讲。”

“伏地魔接到了猫头鹰送去的信。他好像是说虫尾巴的错误被纠正了。他说有人死了，接着说他不打算拿虫尾巴去喂蛇了——他的椅子旁边有一条蛇。他又说——又说要拿我去喂蛇。然后他对虫尾巴念了钻心咒——我的伤疤就疼起来了，”哈利说，“疼得特别厉害，把我给疼醒了。”

邓布利多只是看着他。

“呃——就这些。”哈利说。

“噢，”邓布利多平静地说，“是这样，那么，你的伤疤今年还疼过吗？除了暑假里把你疼醒的那一次？”

“没有，我——你怎么知道它在暑假里把我疼醒过？”哈利惊讶地问。

“给小天狼星写信的不止你一个人。”邓布利多说，“他去年离开霍格沃茨后，我也和他保持着联系呢。是我建议他躲在山洞里的，那是最安全的地方。”

邓布利多站起来，在桌子后面来回踱步，时而把魔杖尖抵到太阳穴上，抽出一条银光闪闪的思想，加到冥想盆里。盆里的思想急速旋转起来，哈利什么也看不清了，只见一片模糊的银白色。

“教授？”几分钟后哈利轻轻叫道。

邓布利多停止了踱步，看着哈利。

“对不起。”邓布利多轻声说，重新在书桌前坐下。

“你——你知道我的伤疤为什么疼吗？”

邓布利多仔细地看了哈利一会儿，然后说：“我只有一个推测，仅仅是推测……我想，当伏地魔靠近你时，或是当他产生一种特别强烈的复仇意愿时，你的伤疤就会疼。”

“可是……为什么呢？”

“因为那个不成功的咒语把你和他连在了一起，”邓布利多说，“这不是一道普通的伤疤。”

“那你认为……那个梦……是真的吗？”

“有可能，”邓布利多说，“我要说——很有可能。哈利——你看见伏地魔了吗？”

“没有，”哈利说，“只看见了他的椅背。不过——本来也看不到什么，是吧？我是说，他没有身体，对不对？可是……那他怎么可能拿魔杖呢？”哈利慢慢地说。

“是啊，”邓布利多喃喃道，“怎么可能呢……”

一时间两人谁也没有说话。邓布利多凝视着前方，不时用魔杖尖从太阳穴那儿取出一条银亮的思想，放进翻腾涌动的冥想盆里。

“教授，”哈利终于说，“你认为他正在强壮起来吗？”

“伏地魔吗？”邓布利多隔着冥想盆望着哈利说，又是那种特有的具有穿透力的目光，哈利在其他场合也见到过。哈利总觉得邓布利多能够完全看穿他，这是连穆迪的魔眼也做不到的。“我还是只能给你一些猜测，哈利。”

邓布利多又叹息了一声，他从未显得这么苍老疲惫过。

“伏地魔力量增强的这几年发生了好几桩失踪事件。”他说，“伯莎·乔金斯在伏地魔最后的藏身之地消失得无影无踪，克劳奇先生也失踪了……就在我们的这片场地上。还有第三起失踪事件，遗憾的是魔法部认为它无足轻重，因为失踪的是个麻瓜。他的名字叫弗兰克·布莱斯，住在伏地魔的父亲出生的村子里。他从去年八月就不见了。你知道，我是看麻瓜报纸的，这一点我和大多数部里的朋友不一样。”

邓布利多非常严肃地看着哈利。“我觉得这些失踪事件是有联系的，但部里不这样认为——你刚才在办公室外面可能也听到了。”

哈利点点头。两人又沉默了，邓布利多不时取出一些思想。哈利觉得他该走了，但好奇心使他坐着没动。

“教授？”他又叫了一声。

“怎么了，哈利？”邓布利多说。

“呃……我能不能问一下我在……在冥想盆里看到的……审讯的事？”

“可以，”邓布利多沉重地说，“我参加过许多次审讯，但对其中的几次审讯记得格外清楚……尤其是现在……”

“请问——你刚才发现我在听的那次审讯，审问克劳奇儿子的那一次，嗯……他们说的是不是纳威的父母？”

邓布利多目光犀利地看了哈利一眼。

“纳威没有对你说过他为什么是由奶奶带大的吗？”

哈利摇了摇头，心中纳闷他认识纳威将近四年，怎么就没想到问问这件事。

“是的，他们说的正是纳威的父母，”邓布利多说，“他父亲弗兰克和穆迪教授一样是个傲罗。你听到了，那些人残酷折磨弗兰克和他的妻子，逼他们说出伏地魔失去力量之后的下落。”

“他们死了吗？”哈利轻声问道。

“没有，”邓布利多说，声音中充满哈利从没听到过的悲痛，“他们疯了。两人都住在圣芒戈魔法伤病医院。我想纳威每到假期都和奶奶一起去探望他们。他们不认识纳威了。”

哈利恐惧地坐在那里。他一直不知道……四年了，从来没有想到问一问……

“隆巴顿夫妇人缘很好，”邓布利多说，“他们是在伏地魔垮台之后遭到袭击的，那时候大家都以为安全了。这种毒手激起了前所未有的公愤。魔法部受到很大的压力，必须捉拿凶手。不幸的是，以隆巴顿夫妇当时的状况，他们的证词不是很可靠。”

“那么，克劳奇先生的儿子有可能是无辜的吗？”哈利缓缓地问。

邓布利多摇了摇头：“这一点我就不知道了。”

哈利又沉默了，看着冥想盆里的物质在那里旋转。他还有两个问题忍不住要问……可是它们涉及活着的人的罪责……

“呃，”他说，“巴格曼先生……”

“……后来再也没有被指控参与任何黑魔法活动。”邓布利多平静地说。

“噢，”哈利急促地说，再次注视着冥想盆，邓布利多不再往里面添加思想，盆中物质旋转得慢了下来，“还有……呃……”

但冥想盆似乎替他问了，斯内普的脸重新浮了上来。邓布利多看了它一眼，然后抬头望着哈利。

“斯内普教授也没有。”他说。

哈利凝视着邓布利多那双浅蓝色的眼睛，心中真正想问的话一下子脱口而出：“你为什么认为他真的不再支持伏地魔了呢，教授？”

邓布利多和哈利对视了几秒钟，然后说：“这是我和斯内普教授两个人之间的事情，哈利。”

哈利知道面谈结束了。邓布利多看上去并没有生气，但语调中有一种到此为止的意思，哈利听出他该走了。他站起身，邓布利多也站了起来。

“哈利，”哈利走到门口时，邓布利多说，“请不要把纳威父母的事告诉其他人。应当由他自己来告诉大家，等他愿意说的时候。”

“好的，教授。”哈利说着，转身要走。

“还有——”

哈利回过头。

邓布利多站在冥想盆后面，盆中闪烁的银光照亮了他的面庞，他看上去比以前更加苍老。他凝视了哈利片刻，说道：“第三个项目中祝你好运。”

第 31 章

第三个项目

“邓布利多也认为神秘人在强壮起来？”罗恩悄声问道。

哈利已经把他在冥想盆里看到的一切，以及后来他从邓布利多那里听到和看到的几乎所有东西，全都告诉了罗恩和赫敏——当然也告诉了小天狼星，哈利一离开邓布利多的办公室就给小天狼星派去了一只猫头鹰。哈利、罗恩和赫敏那天夜里又在公共休息室里待到很晚，反复讨论这些事情，说到最后哈利脑袋都晕了。他终于体会到邓布利多说的脑子里思想塞得太满，要能抽出一些才好是什么意思了。

罗恩凝视着公共休息室里的炉火。哈利似乎看到罗恩在微微发抖，尽管这个夜晚并不冷。

“他相信斯内普？”罗恩问，“他知道斯内普曾经是个食死徒，但还是真的信任他？”

“是的。”哈利说。

赫敏有十分钟没有说话。她手捧额头坐在那里，眼睛望着膝盖。哈利觉得她似乎也需要一个冥想盆。

“丽塔·斯基特。”她喃喃地说。

“你怎么现在操心起她来了？”罗恩不相信地问。

“我没有操心她，”赫敏对着膝盖说，“我只是想到……还记得她在三把扫帚对我说的话吗？‘我知道卢多·巴格曼的一些事情，它们会吓得你们的头发竖起来。’她指的就是这个，是吧？她报道了当时对巴格曼的审判，知道他为食死徒传递了情报。还有闪闪，记得吗……‘卢多·巴格曼是个坏巫师。’克劳奇先生可能对巴格曼没受处罚感到很恼火，他可能回家说了这件事。”

“有道理，可巴格曼不是有意传递情报的，对不对？”

赫敏耸耸肩。

“福吉认为是马克西姆女士袭击了克劳奇？”罗恩转向哈利问道。

“是啊，”哈利说，“可他那么说只是因为克劳奇是在布斯巴顿的马车附近失踪的。”

“我们从来没有想到马克西姆女士，是不是？”罗恩慢吞吞地说，“想想吧，她肯定有巨人血统，可她不愿承认——”

“她当然不愿承认，”赫敏抬起头来尖锐地说，“看看丽塔发现海格母亲的底细之后发生了什么吧。再看看福吉，就因为马克西姆女士有巨人血统，就武断地认为她是凶手。谁愿意受那样的歧视？换了我，要知道说真话的结果是这样，我大概也会说我是骨架子大。”

赫敏看了看表。“我们还没有练习呢！”她惊叫起来，“本来应该练障碍咒的！明天要认真地练一练！走吧，哈利，你需要睡会儿觉。”

哈利和罗恩慢慢上楼回到宿舍。哈利穿睡衣时朝纳威床上看了一眼。他信守了对邓布利多的承诺，没有把纳威父母的事告诉罗恩和赫敏。哈利摘下眼镜，爬到四柱床上，想象着父母虽然活着但不认识自己的滋味。他经常因为是孤儿而受到陌生人的同情，但听着纳威的鼾声，他觉得纳威比自己更值得怜悯。哈利躺在黑暗中，对折磨隆巴顿夫妇的人产生了一种强烈的愤怒和仇恨……他想起克劳奇的儿子和那几个人被摄魂怪拉出法庭时众人的嘲笑……他理解了他们的感情……接着他想起尖叫的男孩那张煞白的脸，又突然震惊地意识到他一年之后就死了……

是伏地魔，哈利在黑暗中瞪着床顶想，都是伏地魔引起的……是他拆散了这些家庭，毁掉了这么多生命……

罗恩和赫敏将在第三个项目那天结束考试，他们本来应该抓紧时间复习的，但却花了大量精力帮助哈利做准备。

“别担心，”当哈利向他们指出这点，并说他可以自己练习一会儿时，赫敏毫不介意地说，“至少我们可以在黑魔法防御术这门课中拿高分。课堂上不可能发现这么多的咒语。”

“对我们以后当傲罗是很好的训练。”罗恩兴奋地说着，对嗡嗡飞进屋里的一只黄蜂试了试障碍咒，使它突然停在了半空中。

进入六月，城堡中的气氛又变得紧张兴奋起来。大家都期待着将于放假前一星期举行的第三项比赛。哈利一有空就练习咒语。他觉得比前两次更有信心。尽管这场比赛肯定充满艰险，但穆迪说得对：哈利已经顺利通过了庞大动物和魔法障碍的考验，而且这次他预先得到了通知，有机会为即将出现的东西做一些准备。

第31章　第三个项目

麦格教授总是撞见哈利、赫敏和罗恩在学校各处练习，因此，她允许他们在午饭时间使用变形课教室。哈利很快掌握了障碍咒，它可以拖延和阻碍袭击者；粉碎咒，可以炸毁固体障碍物；还有赫敏发现的定向咒，能使他的魔杖指向正北，这样他在迷宫中就可以判断方向走得是否正确。但他还没有完全掌握铁甲咒，这种咒语可以在他周身暂时形成一道无形的坚壁，可以使小的咒语打偏，可惜赫敏巧妙地施了一个软腿咒把它给破了。哈利瘸着腿在屋里走了十分钟，赫敏才找到了破解咒。

"你练得不错，"赫敏鼓励地说，一边看着她的单子，勾掉他们已经学会的咒语，"肯定有一些会派上用场的。"

"快来看，"罗恩站在窗前望着下面的场地，说道，"马尔福在干什么？"

哈利和赫敏赶忙走过去看，只见马尔福、克拉布和高尔站在树荫下。克拉布和高尔好像在放哨，两人都傻笑着。马尔福把手捂在嘴上说话。

"他好像在用对讲机。"哈利好奇地说。

"不可能，"赫敏说，"我告诉过你们，那种东西在霍格沃茨不起作用。来吧，哈利。"她轻快地说，转身离开窗口走到屋子中间，"我们再来练练铁甲咒。"

小天狼星现在每天都派猫头鹰送信来。他和赫敏一样，似乎一心要帮助哈利通过第三个项目，然后才会考虑其他事情。他在每封信中都提醒哈利，霍格沃茨围墙以外的事你没有责任去管，你也没有能力对它们施加影响。

如果伏地魔真的在强壮起来（他写道），我首先考虑的事是要保证你的安全。有邓布利多的保护，他不可能对你下手，但你还得多加小心，不要冒险：现在你要想的是怎样安全走出迷宫，其他问题以后再说。

哈利的神经随着六月二十四日的临近而紧张起来，但比第一个和第二个项目前要好一些。首先，他相信自己这次是尽力做了准备的。而且，这是最后一个障碍，不管成绩是好是坏，争霸赛即将结束，这个大包袱终于可以卸掉了。

比赛那天，格兰芬多的早餐桌上热闹非常。送信的猫头鹰到了，给哈利捎来了小天狼星送的幸运卡。只是一张羊皮纸，一折两开，上面有一只泥乎乎的爪印，但哈利很喜欢。一只尖叫猫头鹰像往常一样给赫敏送来了早晨的《预言家日报》。赫敏打开报纸，扫了一眼头版，登时把一口南瓜汁全喷在了报纸上。

"怎么啦？"哈利和罗恩一齐盯着她问道。

"没什么。"赫敏很快地说，慌忙想把报纸藏起来，却被罗恩一把抢了过去。

他瞪着标题说："不可能，偏偏是今天，这个老母牛。"

"怎么？"哈利问，"又是丽塔 · 斯基特？"

"不是。"罗恩也跟赫敏一样想把报纸藏起来。

"写到我了是不是？"哈利问。

"不是。"罗恩以完全不可信的语调说。

但是，没等哈利提出要看那份报纸，礼堂那头斯莱特林桌子上的德拉科·马尔福就叫了起来。

“嘿，波特！波特！你的脑袋怎么样？你没事儿吧？不会朝我们发疯吧？”

马尔福手里也举着一份《预言家日报》。斯莱特林的学生们都在窃笑，在座位上扭过身看哈利的反应。

“给我看看，”哈利对罗恩说，“给我。”

罗恩极不情愿地交出报纸，哈利一翻开就看到了自己的照片，上面是文章标题：

哈利·波特

——心烦意乱，情绪危险

打败了神秘人的男孩情绪很不稳定，而且可能相当危险，**特邀记者丽塔·斯基特报道**。最近有惊人的证据披露了哈利·波特的奇怪行为，使人怀疑他是否适合参加三强争霸赛这样高难度的竞赛，甚至是否适合在霍格沃茨上学。

《预言家日报》独家披露，波特在学校经常发病，对人说他额头的伤疤作痛（该伤疤是神秘人企图杀死他时念的恶咒留下的印记）。上星期一的占卜课上，《预言家日报》记者目睹了波特冲出教室，声称伤疤疼得他无法继续上课的情形。

圣芒戈魔法伤病医院的高级专家说，波特的大脑可能受到了神秘人魔法的影响，波特坚持说伤疤仍然疼痛，正表明他的精神有着根本上的混乱。

“他也可能是装的，”一位专家说，“也许想引起注意。”

但《预言家日报》还发现了哈利·波特一些令人不安的状况，霍格沃茨的校长阿不思·邓布利多一直在为其小心遮掩。

“波特会说蛇佬腔，”霍格沃茨四年级学生德拉科·马尔福透露说，“两年前许多学生受到袭击，大多数人都认为波特是幕后指使人，因为大家亲眼见到他在决斗俱乐部里发脾气放蛇去咬一个男孩。但这些都被掩盖了起来。波特还与狼人和巨人交朋友。我们认为他为了获得力量什么都干得出来。”

蛇佬腔（即与蛇对话的能力）一向被视为黑魔法。事实上，当代最著名的蛇佬腔正是神秘人本人。黑魔法防御联盟的一位不愿透露姓名的成员说，他认为任何会说蛇佬腔的巫师“都值得调查，我个人对能与蛇对话的人十分怀疑，因为蛇经常被用在最恶毒的黑魔法中，而且历史上也和坏人联系在一起”。同样，“与狼人和巨人等邪物为伍的人通常是爱好暴力的”。

阿不思·邓布利多应当考虑允许这样一个男孩参加三强争霸赛是否合适。有人担心波特会因求胜心切而使用黑魔法。第三个比赛项目将于今晚举行。

“对我不那么青睐了，是不是？”哈利折起报纸，轻松地说。

斯莱特林那边，马尔福、克拉布和高尔都在讥笑他。他们用手指敲着脑门，做出疯子的怪相，还像蛇一样吐着舌头。

“她怎么知道占卜课上你伤疤疼了？”罗恩说，“她不可能在场，也不可能听到——”

“窗户开着，”哈利说，“我开了窗想透透气。”

“你是在北塔楼的顶层！”赫敏说，“你的声音传不到下面的场地上！”

“哎，研究魔法窃听方法的应该是你啊！”哈利说，“你告诉我，她怎么知道的！”

“我正在想呢！”赫敏说，“可是……可是……”

赫敏脸上突然现出一种做梦般的奇怪表情，她慢慢地抬起一只手，捋着自己的头发。

“你没事吧？”罗恩皱着眉头问她。

“没事。”赫敏屏住呼吸说。她又捋了捋头发，然后把手举到嘴边，像握着对讲机似的。哈利和罗恩面面相觑。

“我有了一个想法，”赫敏两眼空洞地望着前面说，“我想我知道了……因为那样谁也看不见……连穆迪都看不见……她能够爬到窗台上……但这是不允许的……这绝对是不允许的……我想我们抓住她了！给我两秒钟——去图书馆核实一下！”

话音刚落，赫敏就抓起书包奔出了礼堂。

“喂！”罗恩在后面喊道，“魔法史考试还有十分钟就开始了！天哪，”他转身向哈利说，“她一定是恨透了斯基特那个老妖婆，连考试有可能迟到都不在乎了。你在宾斯的教室里准备干什么——还是看书吗？”

哈利作为三强争霸赛的勇士，可以不参加期末考试。他每场考试都坐在教室后面，为第三个项目寻找有用的咒语。

“可能吧。”哈利对罗恩说。但麦格教授沿着格兰芬多的桌子向他走来了。

“波特，勇士们吃完早饭在礼堂旁边的会议室集合。”她说。

“可是比赛晚上才开始呀！”哈利不小心把炒鸡蛋撒到了身上，他以为自己记错了时间。

“我知道，波特，”麦格教授说，“勇士的亲属被请来观看决赛，你们可以趁现在见见面。”

她走开了。哈利望着她的背影发呆。

“她难道认为德思礼一家会来？”他茫然地问罗恩。

“不知道，”罗恩说，“哈利，我得赶紧走，考试要迟到了。一会儿见。”

哈利在渐渐冷清下来的礼堂里吃完早饭。他看到芙蓉·德拉库尔从拉文克劳桌子旁站起来，和塞德里克一起走进了会议室。不一会儿克鲁姆也懒洋洋地去了。哈利坐着没动，他实在不想去。他没有亲属——没有愿意来看他冒生命危险的亲属。可是正当他站起身，打算还是去图书馆研究一点咒语时，会议室的门开了，塞德里克探出头来。

“哈利，快来吧，他们在等你呢！”

哈利满心困惑地站起身。德思礼一家是不可能来的呀。他穿过大厅，推门走进了会议室。

塞德里克和他的父母站在门边。威克多尔·克鲁姆在屋子一角和他黑头发的父母说着快速的保加利亚语，他继承了父亲的鹰钩鼻。另一边，芙蓉在用法语和她母亲叽叽呱呱地说个不停。芙蓉的小妹妹加布丽牵着她母亲的手。加布丽朝哈利挥了挥手，哈利也挥挥手，咧嘴一笑。然后他看见韦斯莱夫人和比尔站在壁炉前，笑盈盈地望着他。

“没想到吧！”韦斯莱夫人热情地说，哈利眉开眼笑地迎上前去，“我们想过来看你比赛，哈利！”她俯身亲了亲哈利的面颊。

“你好吗？”比尔笑着同哈利握手，“查理也想来，可是走不开。他说你大战树蜂的那一场太精彩了，简直不可思议。”

哈利注意到芙蓉·德拉库尔越过母亲的肩膀很感兴趣地打量着比尔。看得出来，她对长头发和带尖牙的耳环一点也不反感。

“你们真好，”哈利轻轻对韦斯莱夫人说，“我还想呢——德思礼——”

“唔。”韦斯莱夫人努起了嘴。她一向避免在哈利面前批评德思礼夫妇，但每次听到他们的名字，她的眼里就会冒火。

“回来真好，”比尔打量着会议室说（胖夫人的女友维奥莱特在相框里对他眨巴眼睛），“这地方我有五年没见了。那个疯骑士的肖像还在吗？卡多根爵士？”

“噢，还在呢。”哈利说。他去年碰到过卡多根爵士。

“胖夫人呢？”比尔问。

“我上学那会儿她就在了。”韦斯莱夫人说，“有一天我凌晨四点才回宿舍，她狠狠地训了我一通——”

“你凌晨四点在宿舍外面干什么？”比尔惊诧地望着母亲问。

韦斯莱夫人笑了，眼睛亮晶晶的。

“我和你爸爸散步来着。他被当时的管理员阿波里昂·普林格抓住了——你爸爸身上现在还带着印记呢。”

“带我们转转吧，哈利？”比尔说。

“好啊。”哈利说。他们朝通向礼堂的门口走去。经过阿莫斯·迪戈里身边时，他回过头来。

"是你？"他上下打量着哈利说，"塞德里克的分数追上来了，你不那么趾高气扬了吧？"

"什么？"哈利问。

"别理他。"塞德里克在他父亲背后皱起眉头，低声对哈利说，"他看了丽塔·斯基特写的那篇三强争霸赛的文章之后一直很生气——你知道，那女人把你说成了是霍格沃茨唯一的参赛勇士。"

"他也没有去纠正她，不是吗？"哈利同韦斯莱夫人和比尔一起走出门时，听见阿莫斯·迪戈里说，"不过……你会让他看到的，塞德。你赢过他一次，不是吗？"

"丽塔·斯基特专门无事生非，阿莫斯！"韦斯莱夫人气愤地说，"你在部里工作，我以为你是知道的！"

迪戈里先生似乎想发火，但他的妻子把一只手搭在了他胳膊上，因此他只是耸了耸肩，就转过身去了。

哈利陪着比尔和韦斯莱夫人在洒满阳光的场地上散步，一上午过得非常愉快。他带他们看了布斯巴顿的马车和德姆斯特朗的大船。韦斯莱夫人对打人柳很感兴趣，那是在她离校后栽下的。她费了半天功夫，终于记起海格之前的猎场看守，他叫奥格。

"珀西好吗？"他们参观温室时哈利问道。

"不大好。"比尔说。

"他很烦，"韦斯莱夫人看了看四周，压低声音说，"部里不想把克劳奇先生失踪的事张扬出去，但是他们把珀西叫去了，盘问他克劳奇先生发来的指示。他们好像认为这些指示可能不是克劳奇亲笔写的。珀西压力很大。他们不让他代替克劳奇先生当第五名裁判，改让康奈利·福吉当了。"

第 31 章　第三个项目

三人回城堡吃午饭。

“妈妈——比尔！”罗恩坐到格兰芬多桌子旁时大吃一惊，“你们在这儿干吗？”

“来看哈利的决赛！”韦斯莱夫人兴高采烈地说，“我得说，这是个很好的调剂，不用做饭了。你考得怎么样？”

“噢……还行，”罗恩说，“我想不起所有那些叛乱妖精的名字，就胡编了几个，挺好的。”罗恩一边拿菜肉烘饼吃一边说道。一旁的韦斯莱夫人板起了面孔，罗恩说：“没关系，他们都叫长胡子长长、邋遢鬼拉拉这样的名字，编起来不难。”

弗雷德、乔治和金妮也坐过来了，哈利开心极了，好像又回到了陋居一样。他忘记了晚上的比赛，午饭吃到一半时赫敏来了，他才想起赫敏早上好像突然悟到了丽塔·斯基特的什么事情。

“你是不是要告诉我们——？”

赫敏摇摇头，像在警告他，同时瞟了韦斯莱夫人一眼。

“你好，赫敏。”韦斯莱夫人态度比往常生硬得多。

“你好。”看着韦斯莱夫人冷淡的脸色，赫敏的微笑有点发窘。

哈利朝她们俩看看，说道：“韦斯莱夫人，你不会相信丽塔·斯基特在《女巫周刊》上的那篇垃圾文章吧？因为赫敏不是我的女朋友。”

“噢！”韦斯莱夫人说，“不——我当然不相信！”

但她随后对赫敏表现得热情多了。

哈利、比尔和韦斯莱夫人在城堡里散步，消磨了一个下午，然后回礼堂用晚餐。卢多·巴格曼和康奈利·福吉坐到了教工桌子旁。巴格曼看上去很高兴，可是坐在马克西姆女士旁边的康奈利·福吉却绷着脸，一言不发。马克西姆女士埋头吃饭，哈利觉得她的眼眶好像有点红。桌子那头的海格老往她这边看。

晚餐比平时丰盛，但哈利没有吃下多少，因为他现在真的感到紧张了。当施了魔法的天花板由蓝色转为暗紫的暮色时，邓布利多在教工桌子旁站起身，众人安静下来。

“女士们，先生们，再过五分钟，我就要请大家去魁地奇球场，观看三强争霸赛最后一个项目的比赛。现在请勇士们跟巴格曼先生到运动场上去。”

哈利站起身，格兰芬多的学生一齐为他鼓掌，韦斯莱一家和赫敏祝他好运。他和塞德里克、芙蓉、威克多尔一道走出礼堂。

“感觉还好吗，哈利？”他们沿石阶往下走到场地时巴格曼问道，“有信心吗？”

“挺好。”哈利说。这可以说是真话，哈利确实很紧张，但他一边走一边不断在脑子里温习练过的那些咒语，全都记得，这使他感觉好多了。

他们走进魁地奇球场，这里已经变得完全认不出来了。一道二十英尺高的树篱把场地边缘围住。在他们面前有一个缺口，那便是这个大迷宫的入口。里面的通道黑黢黢的，有点吓人。

五分钟后，看台上开始进人。数百名学生鱼贯入座，空气中充满了兴奋的话语声和杂沓的脚步声。天空现在是澄澈的深蓝色，星星一颗颗地出现了。海格、穆迪教授、麦格教授和弗立维教授走进运动场，向巴格曼和几位勇士走来。他们的帽子上都缀有闪光的大红星星，只有海格除外，他的红星是在鼹鼠皮背心的背后。

“我们将在迷宫外面巡逻，”麦格教授对勇士们说，“如果遇到困难，想得到救援，就朝天发射红色火花，我们会有人来帮你们，听明白了吗？”

勇士们一起点头。

“好，你们去吧！”巴格曼愉快地对四位巡逻队员说。

“祝你好运，哈利。”海格悄声说。四个人朝不同方向走开，分散到迷宫周围。这时巴格曼用魔杖指着自己的喉咙，念了句“声音洪亮”，于是他那经过魔法放大的声音便在看台上回响起来。

“女士们，先生们，三强争霸赛的最后一项比赛就要开始了！我来报一下目前的比分！塞德里克·迪戈里和哈利·波特——85 分，并列第一，霍格沃茨学校！”掌声和欢呼声把禁林里的鸟儿惊飞到渐渐暗下来的夜空中。“威克多尔·克鲁姆——80 分，第二名，德姆斯特朗学院！”又是一阵掌声。“芙蓉·德拉库尔——第三名，布斯巴顿学院！”

哈利能分辨出韦斯莱夫人、比尔、罗恩和赫敏在看台中排礼貌地为芙蓉鼓掌。他朝他们挥挥手，他们也笑着朝他挥手。

“现在……哈利和塞德里克，听我的哨声！”巴格曼说，“三——二——一——”

随着一声短促的哨音，哈利和塞德里克急忙奔进了迷宫。

高高的树篱在小径上投下乌黑的影子，不知是由于树篱又高又密呢，还是施了魔法的缘故，他们一进入迷宫，观众的声音就听不见了。哈利几乎感到自己又像到了水底。他抽出魔杖，念道：“荧光闪烁。”他听见身后的塞德里克也这么做了。

走了约莫五十米之后，他们来到一个岔路口，两人对视了一下。

“再见。”哈利说完，走上了左边那条路，塞德里克走了右边那条。

哈利听到巴格曼的哨子又响了一声，克鲁姆进迷宫了。哈利加快脚步。他选的这条路上似乎什么也没有。他向右一拐，匆匆往前赶，一只手高高地将魔杖举过头顶，想尽量看得远一点儿，但还是什么也看不到。

远处传来巴格曼的第三声哨响，几名勇士全都在迷宫里了。

哈利不断朝身后看，又一次觉得仿佛有人在暗中注视着他。迷宫里每一分钟都在变暗，头上的天空变成了黛青色。他来到了第二个岔路口。

“给我指路。”他把魔杖平托在手掌上，轻声对它说。

魔杖旋转了一下，指定了他右边密实的树篱。那儿是北，他知道去迷宫中心要朝西北方向走。最好的办法是走左边那条路，然后尽快往右拐。

前面的路上也空荡荡的，到了一个右转弯，哈利拐了进去，依然没有任何障碍。哈利不知道为什么会这样，如此畅通无阻使他有些发慌。现在应该碰到一些什么了呀。这迷宫好像在用安全的假相诱惑他。突然，他听到身后有了动静，连忙挥出魔杖准备自卫，可是魔杖的光照出的却是急急忙忙从右面一条小路上跑出来的塞德里克。他神色仓皇，衣袖上冒着烟。

“海格的炸尾螺！”他嘶声叫道，“大极了——我好不容易才逃出来！”

塞德里克摇摇头，冲进了另一条路，从视野里消失了。哈利，一心想把炸尾螺甩远一点，又加快了脚步。一转弯，他看见了……

一个摄魂怪缓缓朝他滑来，十二英尺高，兜帽遮着面孔，腐烂结痂的双手直直地伸着。摄魂怪一步步逼近，凭着感觉朝哈利摸了过来。哈利能听到它喉咙里咯咯的喘息声。一种冰冷黏滑的感觉袭上他的全身，但他知道应该怎么做……

他竭力去想自己能想到的最愉快的事情，拼命集中精力想象着走出迷宫、同罗恩和赫敏一起庆祝的情景，一边举起魔杖喊道："呼神护卫！"

一头银色的牡鹿从哈利的魔杖顶端蹦出来，向摄魂怪奔去。摄魂怪倒退两步，被自己的长袍绊倒了……哈利还从没见过摄魂怪跌跤呢。

"不许动！"他跟着银色的守护神前进喊道，"你是个博格特！滑稽滑稽！"

一声爆响，博格特炸成一缕青烟。银鹿消失不见了。哈利倒希望它能留下来，给他做个伴……他继续前进，尽可能走得又快又不发出声响，依旧是高举着魔杖，警惕地听着四下里的动静。

左拐……右拐……再左拐……他有两次发现自己走入了死胡同。他又念了一次定向咒，发现向东走得太远了。他折回来，往右一拐，看见前方飘浮着一团奇异的金色迷雾。

哈利小心地走上前，用魔杖指着迷雾。看样子是一种魔法。他不知道能不能把它炸开。

"粉身碎骨！"他喝道。

咒语径直穿过金雾，对它毫无影响。哈利心想他早该想到这一点的，粉碎咒是用来对付固体障碍物的。如果他从金雾中穿过去会怎么样？是上去碰碰运气，还是退回来？

他正在犹豫，猛然间一声尖叫划破了四周的沉寂。

“芙蓉？”哈利喊道。

一片寂静。他四下张望，芙蓉出了什么事？她的叫声好像是从前面传来的。哈利深吸一口气，冲进了被施了魔法的迷雾中。

世界颠倒了过来。哈利头朝下倒挂在那里，头发根根直立，眼镜脱离了鼻梁，随时都可能掉进无底的天空。他把它按在鼻尖上，恐惧地挂在那里。他的双脚好像粘在草地上似的，而草地现在成了天花板，在他下面是无边无际、星光灿烂的黑色夜空。他觉得只要一抬脚，就会立刻掉下去。

好好想一想，他对自己说，全身血液都涌到了头上，想一想……

可是他练过的所有咒语都不能用来对付天地的突然颠倒。他敢动一动脚吗？他听见自己的血液撞击着耳鼓。他有两个选择——要么鼓起勇气挪动脚步，要么发射红色火花求援，被淘汰出局。

他闭上眼睛，不去看下面无边无际的虚空，然后用尽全力把右脚从草地天花板上拔了出来。

世界立即恢复了原样，哈利跪倒在可爱的坚实大地上。受了刚才的惊吓，他全身有些发软。他深深吸了一口气，镇定一下，然后爬起来往前跑，一边跑一边回头看那团金雾，它在月光下貌似很无辜地朝他闪烁着光芒。

他在两条路的交叉处停下来，寻找芙蓉的踪迹。他敢肯定刚才是芙蓉发出的声音。她遇到了什么？现在怎么样了？没有看到红色火花——这是否表明她已经摆脱了麻烦，还是她遇到的麻烦实在太大，连魔杖都拿不出来了？哈利带着越来越强烈的不安走上了右边的岔路……但同时也禁不住想，一个勇士倒下去了……

奖杯就在附近某处，芙蓉似乎已经出局。哈利坚持到现在了，是不是？要是他真的赢了呢？一瞬间，他成为勇士后第一次又看见了那个幻想：自己在全校师生面前举起了三强杯……

十分钟内他没有遇到任何东西，老是走进死胡同，有两次拐上了同一条错路。最后他到了一条新路，沿着它慢跑起来。魔杖的荧光摇曳着，他变形的影子在树篱上闪动。他又拐了一个弯，迎面撞见了炸尾螺。

塞德里克说的不假——炸尾螺大极了。有十英尺长，看上去好似一条巨蝎。长长的蜇针卷在背上，厚厚的坚甲在哈利魔杖的荧光下闪闪发亮，哈利用魔杖指着它。

“昏昏倒地！”

咒语碰到炸尾螺的坚甲，反弹了回来，幸亏哈利躲得快，但他闻到了头发的焦味，咒语燎着了他的头顶。炸尾螺从尾部喷出一股火焰，朝他飞扑过来。

“障碍重重！”哈利大喊。咒语又碰在炸尾螺的坚甲上弹飞了。哈利踉跄着后退几步，摔倒在地：“**障碍重重！**”

炸尾螺在离他只有几英寸的地方停住不动了——咒语击中了它没有甲片保护的腹部。哈利喘着气爬起来，朝相反的方向拼命奔跑。障碍咒的效力不会很长，炸尾螺的腿脚随时都可能动起来。

他走了左边一条路，是个死胡同，走上右边一条路，又是死胡同。他只好停下来，心咚咚地跳着。他又用了一次定向咒，返回去选了一条往西北方向去的路。

在这条路上匆匆走了几分钟后，他突然停住脚步，旁边一条路上传来了声音。

“你要干什么？”塞德里克的声音说，“你到底想干什么？”

然后哈利听见了克鲁姆的声音。

“钻心剜骨！”

空气中顿时充满了塞德里克的尖叫。哈利惊恐万分，在路上狂跑起来，试图找个缺口钻过去，但没有找到，就又试着念了一次粉碎咒。并不十分有效，但总算在树篱上烧了一个小洞。哈利把腿插进洞里，使劲蹬踹着茂密的荆棘和树枝，终于，树枝断了踹开了一个豁口。哈利奋力钻过去，袍子都被撕破了。他朝右边一看，只见塞德里克倒在地上抽搐，克鲁姆正在俯视着他。

哈利爬起身来，用魔杖指住克鲁姆。克鲁姆抬头看见了，转身撒腿就跑。

“昏昏倒地！”哈利喊道。

咒语击中了克鲁姆的后背。他猝然停住，朝前一扑，脸朝下趴在草地上不动了。哈利冲到塞德里克身边。他已经停止了抽搐，躺在那儿喘气，两只手捂着脸。

“没事吧？”哈利抓住塞德里克的胳膊沙哑地问。

“没事，”塞德里克喘着气说，“没事……我不能相信……他偷偷走到我身后……我听见了，转身一看，他用魔杖指着我……”

塞德里克站了起来，身体还在发抖。他们看着地上的克鲁姆。

“真难以相信……我还以为他挺不错的呢。”哈利盯着克鲁姆说。

“我也是。”塞德里克说。

“你听到芙蓉的叫声了吗？”哈利问。

“听到了，”塞德里克说，“你认为克鲁姆也对她下手了吗？”

“我不知道。”哈利缓缓地说。

“把他留在这儿吗？”塞德里克小声问。

“不行，”哈利说，“我想我们应该发射红色火花，让人来把他弄走……不然他可能会被炸尾螺吃掉。”

“他活该。”塞德里克嘟哝道，但还是举起魔杖，向空中发射了一串红色火花。火花盘旋在克鲁姆上空，标出了他所在的位置。

哈利和塞德里克在黑暗中站了一会儿，环顾四周。然后，塞德里克说：“噢……我想我们还是继续走吧……”

“啊？”哈利说，“噢……对……对……”

这真是很奇怪的一刻。刚才因为克鲁姆的缘故，他和塞德里克暂时团结了起来——而现在他们是对手这一事实又回到了他们的意识中。两人默默地走在黑暗的小路上，然后哈利拐向左边，塞德里克拐向右边。塞德里克的脚步声很快就消失了。

哈利继续向前走，不时用定向咒确定方向是否正确。现在是他和塞德里克两人的较量了。他夺取奖杯的愿望比以往任何时候都强烈，但他不能相信克鲁姆竟会做出那样的事情。穆迪告诉过他们，对人使用不可饶恕咒，意味着要在阿兹卡班终身监禁。克鲁姆不可能那样不顾一切想得到三强杯的……哈利加快了脚步。

他发现自己总是走进死胡同，但越来越浓的黑暗使他确信他正在接近迷宫的中心。然后，当他走在一条又长又直的小路上时，又发现了动静，魔杖的光照在一个无比奇异的怪物身上，哈利只在《妖怪们的妖怪书》中见过它的图片。

是斯芬克斯。它的身体像一头大得吓人的狮子：巨大的脚爪、黄色的长尾，尾尖有一丛棕色的毛。但它却长着一个女人的脑袋。哈利走近时，它把长长的杏仁眼转向他。哈利举起魔杖，犹豫不决。它并没有蹲下身子准备扑上来，而只是走来走去挡住哈利的去路。

然后它说话了，声音低沉而嘶哑："你已经很接近你的目标了。最快的办法就是从我这里过去。"

"那……那能不能请你让一下？"哈利说，他知道对方的回答会是什么。

"不行，"它说，继续走来走去，"除非你能答出我的谜语。一次猜中——我就让你过去。没猜中——我就会扑过来。不回答——我就让你走开，不伤害你。"

哈利的心沉了几沉。猜谜是赫敏的拿手好戏，但不是他的。他权衡了一下，如果谜语太难，他可以不回答，斯芬克斯不会伤害他，他可以另外再找一条通往迷宫中心的路。

"好吧，"他说，"我能听一下谜语吗？"

斯芬克斯坐到它的后腿上，挡在路中央，念道：

先想想什么人总戴着假面，
行动诡秘，谎话连篇。
再告诉我什么东西总是缝缝补补，
中间的中间，尾部的尾部？
最后告诉我想不出词的时候
哪个声音经常被脱口而出。
现在把它们连起来，回答我，

第 31 章　第三个项目

什么是你不愿亲吻的动物？

哈利张口结舌地望着斯芬克斯。

“你能再念一遍吗……念慢一点？”他试探地问道。

斯芬克斯对他眨眨眼，微微一笑，把那首诗又念了一遍。

“所有的线索加起来是一个我不愿亲吻的动物？”哈利问道。

斯芬克斯只是神秘地微微一笑，哈利认为这表示“是”。他在脑海里搜索。他不愿亲吻的动物有很多，首先想到的是炸尾螺，但是隐约感到这不是谜底。他必须努力解开线索……

“戴着假面，”他瞪着斯芬克斯自言自语，“总是说谎……呃……那是——imposter[①]。不，这不是我的答案！是——spy[②]？我过会儿再想这个……你能再说一下第二个线索吗？”

斯芬克斯把诗的下面两行又念了一遍。

“什么东西总是缝缝补补，”哈利重复道，“呃……想不出来……‘middle[③]的中间’……能再念念最后几句吗？”

斯芬克斯把最后四句又念了一遍。

“‘想不出词的时候脱口而出的声音’”哈利说，“呃……应该是……呃……等一等——‘er[④]’！‘er’是一种声音！”

斯芬克斯朝他微笑着。

“spy……er……spy……er……”哈利踱着步说，“我不愿亲吻

---

① imposter，“骗子”的英文。

② spy，“间谍”的英文。

③ middle，“中间”的英文。

④ er，“呃”的英文。

的动物……是 spider[1]！蜘蛛！”

斯芬克斯笑得更亲切了。它站起来，伸直两条前腿，挪到一边给他让路。

“谢谢！”哈利为自己的聪明感到惊讶，赶紧冲了过去。

一定很近了，一定……魔杖告诉他方向完全正确，只要不遇到什么太可怕的事情，他也许有机会……

前面是个岔路口。“给我指路！”他又对魔杖说，魔杖转了一下，指向右边的一条路。他沿着这条路跑去，前面看到了亮光。

一百米开外，三强杯在底座上闪烁着诱人的光芒。哈利撒腿跑了起来，突然，一个黑影冲到了他前面的路上。

塞德里克抢先了，他正在全速朝奖杯冲刺。哈利知道自己怎么也追不上了。塞德里克比他高得多，腿比他的长——

接着哈利看见左边树篱外有一个巨大的东西，正在另一条交叉的路上快速向这边移动，塞德里克眼看就要跟它撞上了，可塞德里克两眼只顾盯着奖杯，根本没看见——

“塞德里克！”哈利大喊，“当心左边！”

塞德里克扭头看见了，急忙一闪，避免了与那个东西撞在一起，但是动作太猛，他摔倒了。哈利看到塞德里克的魔杖飞了出去，一只硕大无比的蜘蛛爬过来，俯身向塞德里克压去。

“昏昏倒地！”哈利喊道，咒语击中了蜘蛛那庞大的、乌黑多毛的身体，但似乎只是朝它扔了一块石头。蜘蛛抽搐了一下，

---

① spider，“蜘蛛”的英文。这是一个英文字谜。“spi”的发音和“spy”的发音相同，“中间”（middle）一词的中间字母以及“尾部”（end）一词的结尾字母都是“d”，再加“er”构成谜底。谜底又暗含了谜语中第三句的意思，因为蜘蛛结网就像在缝缝补补。

迅疾转身朝哈利冲来。

“昏昏倒地！障碍重重！昏昏倒地！”

没有用——可能是蜘蛛太大，或是它的魔力太强，咒语对它不起作用，反而更加激怒了它。哈利恐惧地看见了八只闪亮的黑眼睛和锋利的钳子，蜘蛛已经扑到他身上了。

蜘蛛用前腿把哈利举到空中，哈利拼命挣扎。他试图用脚踢它，腿碰到了它的钳子，立刻是一阵钻心的疼痛。他听见塞德里克也在喊“昏昏倒地！”，但是他的咒语同样不起作用——蜘蛛又张开钳子，哈利举起魔杖高喊“除你武器！”

还算有效——这个缴械咒使蜘蛛放开了他，但这意味着哈利从三米高的高处摔了下来。已经受伤的腿吃不住身体的重量，他一下子瘫倒在地。他想都没想，就用魔杖对准蜘蛛的下腹部，像他对炸尾螺那样，大喊一声“昏昏倒地！”；塞德里克也喊出了同样的咒语。

两个咒语合起来，产生了一个咒语起不到的作用：蜘蛛倒向一旁，压垮了一片树篱，毛乎乎的长腿横七竖八地摊在地上。

“哈利！”他听见塞德里克叫道，“你没事吧？它没倒在你身上吧？”

“没有。”哈利气喘吁吁地喊道。他低头看看自己的腿，血流不止。撕破的长袍上有一些黏稠的东西，是蜘蛛的钳子上分泌出来的。他试图站起来，可是腿抖得很厉害，支撑不住身体的重量。他靠在树篱上，大口地喘气，环顾四周。

塞德里克站在离三强杯只有几英尺的地方，奖杯在他身后闪烁。

"拿吧，"哈利喘着气对塞德里克说，"快拿啊，你已经到了。"

塞德里克没有动。他站在那里看着哈利，然后回头望着奖杯，在奖杯的金光映照下，哈利能看到塞德里克脸上渴望的表情。塞德里克又回头看看哈利，哈利正扶着树篱勉强站起来。

塞德里克深深吸了口气。"你拿吧，应该是你赢的。你两次救了我的命。"

"规则不是这样。"哈利说，他感到很恼火，他的腿疼得厉害，为了甩掉蜘蛛，弄得浑身都疼，在那么多努力之后，却又败给了塞德里克，就像那次请秋跳舞一样，"谁先到谁得分，是你先到。我说的是真的，我这条腿可没法赛跑。"

塞德里克朝昏倒的蜘蛛走了几步，离奖杯远了一些。他摇了摇头。

"不。"他说。

"别发扬风格了，"哈利不耐烦地说，"快拿吧，拿了我们好出去。"

塞德里克看见哈利紧紧抓住树篱，好让自己站稳。

"你告诉我有火龙，"塞德里克说，"要不是你事先提醒，我在第一个项目就被淘汰了。"

"是我先得到了帮助，"哈利急躁地说，一边试图用袍子擦去腿上的血，"后来你告诉了我金蛋的秘密——我们扯平了。"

"也是有人先帮助我的。"塞德里克说。

"我们还是扯平了。"哈利小心翼翼地试探着自己的伤腿，刚把重量压上去，腿就剧烈地颤抖起来，他被蜘蛛扔下来时扭伤了脚脖子。

“你第二个项目的得分应该更高一点儿，”塞德里克执拗地说，“你留在后面救出了所有的人质。我也应该那样做的。”

“只有我傻里傻气，把那首歌当真了！”哈利没好气地说，“快拿奖杯吧！”

“不。”塞德里克说。

他跨过纠结的蜘蛛腿走到哈利身边。哈利瞪着他。塞德里克是认真的。他是在放弃赫奇帕奇学院数百年来没曾得到过的荣誉。

“你去吧。”塞德里克说。看上去他是用了全部的毅力才说出这句话的。但他表情坚决，抱着双臂，看来是下定了决心。

哈利的目光移到奖杯上。在奖杯的光芒中，他一时思绪恍惚，仿佛看见自己捧着它走出迷宫。他高高地举起三强杯，耳边是人群的欢呼；他比以往更清晰地看见，秋的脸上洋溢着钦佩的光彩……然后幻觉消失了，他看到了昏暗中塞德里克固执的面孔。

“我们俩一起。”哈利说。

“什么？”

“两个人同时拿，仍然是霍格沃茨获胜。我们是并列冠军。”

塞德里克瞪着哈利，松开了抱着的手臂。“你——真想这样？”

“当然，”哈利说，“当然……我们互相帮助克服了困难，对不对？我们俩一起到了这里，让我们一起去拿吧。”

一时间塞德里克似乎不敢相信自己的耳朵，然后他绽开了笑容。

“听你的，”他说，“来吧。”

他抓住哈利的胳膊，扶着哈利一瘸一拐地朝奖杯走去。走到之后，两人分别把手举在一个闪光的把手上方。

“数到三，好吗？”哈利说，“一——二——三——”

他和塞德里克一人抓住了一个把手。

哈利顿时觉得肚脐后面好像被扯了一下。他的双脚离开了地面，但他无法松开攥着三强杯的手，这只手拖着他在呼啸的风声和旋转的色彩中向前飞去，塞德里克在他旁边。

第 32 章

血，肉和骨头

哈利感到双脚撞到了地面上，他的伤腿一软，摔倒在地，手终于放开了三强杯。他抬起头来。

“我们在哪儿？”他问。

塞德里克摇了摇头。他站起身，把哈利拉了起来，两人打量着四周。

这儿已经完全出了霍格沃茨的地界，他们显然飞了好几英里——也许有好几百英里，因为连城堡周围的环山都不见了。他们站在一片黑暗的杂草丛生的墓地上，可以看到右边一棵高大的红豆杉后面一所小教堂的黑色轮廓。左边是一座山冈。哈利能辨认出山坡上有一所精致的老房子。

塞德里克低头看看三强杯，然后抬头看着哈利。

“有人对你说过这奖杯是个门钥匙吗？”他问。

“没有。”哈利说，他打量着这片墓地，周围阴森森的，一片寂静，“这也是比赛的一部分吗？”

“不知道。”塞德里克说，声音有点紧张，“拔出魔杖吧，你说呢？”

“好。”哈利很高兴塞德里克先提出来，而不是他自己。

他们抽出魔杖，哈利不住地扫视四周。他又有了那种异样的感觉，好像有人在监视他们。

“有人来了。”他突然说。

他们紧张地眯起眼睛望着黑暗中，一个人影在坟墓间一步步朝他们走来。哈利看不清那人的脸，但从步态和手臂的姿势看，那人好像抱着个什么东西。那不知是谁的人身材矮小，穿着一件带兜帽的斗篷，遮着面孔。再走近几步——他们之间的距离在不断缩小，哈利看出那人抱的东西像是一个婴儿……或者只是一包衣服？

哈利手中的魔杖放低了一些。他侧过头望望塞德里克，塞德里克也向他投来疑问的一瞥。两人又回过头盯着走近的人影。

那人在一块高耸的大理石墓碑前站住了，离他们只有六英尺。在那一瞬间，哈利和塞德里克与那个矮小的人影对视着。

接着，毫无征兆地，哈利的伤疤剧烈地疼痛起来。他有生以来从没感受过如此剧烈的疼痛。魔杖滑落到地上，他用双手捂住面孔，腿一弯倒在地上，眼前什么也看不见了，脑袋像要炸裂一般。

他听见远远的头顶上方有人高声而冷酷地说：“干掉碍事的。”

一阵嗖嗖声，接着另一个人尖厉的高喊撕破了夜空。“阿瓦达索命！”

一片强烈的绿光刺透了哈利的眼皮，他听见什么东西在身旁沉重地倒下。伤疤疼到了极点，他恶心得想吐。然后疼痛减轻了，他恐惧地慢慢睁开刺痛的双眼。

塞德里克在他旁边四肢伸开躺在地上，他死了。

在永无尽头的一秒钟里，哈利呆呆地看着塞德里克的面孔，看着他睁着的、空洞无神的灰眼睛，像一座废弃的房屋的窗户，他的嘴巴半张着，显得有些吃惊。哈利的大脑无法接受眼前的景象，除了隐隐约约觉得难以置信外，他没有任何感觉。就在这时，他感到自己被拖了起来。

穿斗篷的矮个儿男人已经放下包袱，点亮了魔杖，正把哈利朝大理石墓碑拖去。在被一把推转过来、后背撞上墓碑之前，哈利在魔杖闪烁的光芒中看到了一个名字。

汤姆·里德尔

穿斗篷的男人用魔法变出绳子，把哈利紧紧地捆在墓碑上，从脖子到脚腕捆了一道又一道。哈利听见兜帽里面传出急促而轻微的呼吸声。他用力挣扎，男人打了他一下——打他的那只手上缺了一根手指。哈利知道兜帽里面是谁了。是虫尾巴。

“是你！”他惊叫道。

但虫尾巴没有回答。他已经捆完了绳子，正忙着检查捆得紧不紧。他的手指控制不住地颤抖着，摸索着一个个绳结。当确定哈利已被捆得结结实实、完全无法动弹之后，虫尾巴从斗篷里摸出一团黑色的东西，粗鲁地塞进哈利嘴里。然后，他一句话也没说，就匆匆走开了。哈利发不出声音，也看不见虫尾巴去了哪里。他不能扭头看墓碑后面，只能看见正前方的情景。

塞德里克的尸体躺在二十英尺开外的地方。再过去一点儿，三强杯在星光下闪闪发亮。哈利的魔杖丢在塞德里克的脚边。他猜想是婴儿的那个包袱就在附近，放在墓碑下面。它似乎躁动不安。哈利注视着它，伤疤又火辣辣地疼痛起来……他突然意识到自己不希望看到包袱里的东西……他不希望那个包袱被打开。

他听见脚边有声音，往下一看，只见一条大蛇在草上蜿蜒游动，围着他这块墓碑打转。虫尾巴呼哧呼哧的喘息声又响了起来，好像在推什么沉重的东西过来。然后他进入了哈利的视线，把一口石头坩埚推到了坟墓边。坩埚里似乎盛满了水——哈利听见了泼溅声——这口坩埚比哈利用过的所有坩埚都大，可容一个成人坐在里面。

地上包袱里的东西动得更起劲了，仿佛要挣脱出来。虫尾巴忙着用魔杖在坩埚底部点点画画。突然坩埚下蹿起了噼啪作响的火苗。大蛇向黑暗中游去。

坩埚里的液体似乎热得很快，表面不仅开始沸腾，而且迸射出火花，像烧着了一样。蒸气越来越浓，照看火苗的虫尾巴的身影都变得模糊起来。斗篷下的动作更急了。哈利又听到了那个尖厉冷酷的声音。

"快！"

现在整个水面都闪动着火花，好像缀满钻石一样。

"烧好了，主人。"

"来吧……"那个冷酷的声音说。

虫尾巴扯开地上的包袱，露出里面的东西。哈利发出一声惊叫，但被嘴里塞的东西闷住了。

就好像虫尾巴猛地翻开一块石头，露出一个黏糊糊的、没有视觉的丑陋怪物——不，比这还要可怕，可怕一百倍。虫尾巴抱来的东西外形像一个蜷缩的婴儿，但哈利从没见过比它更不像婴儿的了。它没有毛发，身上仿佛长着鳞片，皮色暗暗的、红红的，像受了伤的嫩肉。胳膊和腿又细又软，它的脸——没有哪个活的孩子长着这样一张脸——是一张扁平的蛇脸，上面有一双闪闪发光的红眼睛。

那东西看上去完全没有自理能力，它举起细细的胳膊，搂住虫尾巴的脖子。虫尾巴把它抱在手中。这时虫尾巴的兜帽掉了下来，哈利看到火光中他那苍白虚弱的脸上带着厌恶的表情。虫尾巴把那东西抱到坩埚边，刹那间，哈利看见药水表面跳动的火花照亮了那张邪恶的扁脸。虫尾巴将那东西放进坩埚，随着一阵嘶嘶声，它沉了下去。哈利听见了它软绵绵的身体碰到坩埚底的轻响。

让它淹死，哈利想，他的伤疤灼痛得几乎无法忍受，拜托……让它淹死吧……

虫尾巴在说话，声音颤抖，好像吓得神经错乱了。他举起魔杖，闭上眼睛，对着夜空说道："父亲的骨，无意中捐出，可使你的儿子再生！"

哈利脚下的坟墓裂开了，哈利惊恐地看见一小缕灰尘应虫尾巴的召唤升到了空中，轻轻地落在坩埚里。钻石般的液面破裂了，嘶嘶作响，火花四溅，液体变成了鲜艳的蓝色，一看便知有毒。

虫尾巴在呜咽。他从斗篷里抽出一把又长又薄、银光闪闪的匕首。他的声音一下子变成了极度恐惧的抽泣："仆人……的肉……自—自愿捐出，可使……你的主人……重生。"

他伸出右手——就是少一根手指的那只手，然后用左手紧紧攥住匕首，朝右手挥去。

哈利在最后一秒钟才意识到虫尾巴要干什么，他紧紧闭上眼睛，却阻挡不了那穿透夜空的惨叫直刺进自己体内，就好像他也被匕首刺中了一样。他听见了什么东西落地的声音，听见了虫尾巴痛苦的喘息，接着是令人恶心的扑通一声，什么东西被扔进了坩埚。哈利不愿去看……但是药水变成了火红色，强光射进哈利紧闭的眼帘……

虫尾巴在痛苦地喘息和呻吟。当那痛苦的呼吸喷到哈利脸上时，他才发觉虫尾巴已经来到他的面前。

“仇—仇敌的血……被迫献出……可使你的敌人……复活。”

哈利没办法阻止，他被捆得太紧了……他绝望地挣扎，想挣脱捆绑他的绳索，他从眼睛缝里看见银晃晃的匕首在虫尾巴那只独手中颤动。他感到匕首尖刺进了他的臂弯，鲜血顺着撕破的袍袖淌下。仍在痛苦喘息的虫尾巴哆嗦着从口袋里摸出一个小玻璃瓶，放在哈利的伤口旁，少量鲜血流到了瓶里。

虫尾巴拿着哈利的血摇摇晃晃地走向坩埚，把血倒了进去。坩埚中的液体立刻变成了炫目的白色。虫尾巴完成了任务，跪倒在坩埚旁，身子一歪，瘫在地上，捧着自己流血的断臂喘息、抽泣。

坩埚快要沸腾了，钻石般的火星向四外飞溅，如此明亮耀眼，周围的一切都变成了黑天鹅绒般的颜色。什么都没有发生……

但愿它已经淹死了，哈利想，但愿不会成功……

突然，坩埚上的火星熄灭了。一股浓浓的白色蒸气从坩埚里升腾起来，掩去了哈利面前的一切。他看不见虫尾巴和塞德里克，只见一片白茫茫的水汽……肯定不成功……它淹死了……拜托……拜托，让它死掉吧……

接着，透过眼前的白雾，他毛骨悚然地看到坩埚中缓缓升起一个男人的黑色身形，又高又瘦，像一具骷髅。

“给我穿上袍子。”那个冷酷尖厉的声音在蒸气后面说。虫尾巴抽泣着、呻吟着，仍护着他的残臂，慌忙从地上抓起裹包袱的黑色长袍，站起来，用一只手把它套到主人的头上。

瘦男人跨出坩埚，眼睛盯着哈利……哈利看到了三年来经常在他噩梦中出现的面孔，比骷髅还要苍白，两只狂怒的大眼睛红通通的，鼻子像蛇鼻一样扁平，鼻孔是两条细缝……

伏地魔卷土重来了。

第33章

食死徒

伏地魔将目光从哈利身上移开，开始检查自己的身体。他的手像苍白的大蜘蛛，细长苍白的手指抚摸着胸口、手臂、脸庞；那双红眼睛在黑暗中显得更亮，瞳仁是两条缝，如同猫眼。他举起双手，活动着手指，表情欣喜若狂，毫不理会倒在地上流血抽搐的虫尾巴，也不理会那条大蛇。大蛇不知何时又游了回来，咝咝地围着哈利打转。伏地魔把长得出奇的手指插进一个很深的口袋里，抽出一根魔杖。他把魔杖也轻轻抚摸了一遍，然后举起魔杖指着虫尾巴，把他从地面拎起，扔向哈利被绑的那块墓碑。虫尾巴跌落在墓碑旁，瘫在那里哭泣。伏地魔把鲜红的眼睛转向哈利，发出一声冷酷而尖厉的阴笑。

包裹着虫尾巴断臂的袍子已经被血浸透。“主人……”虫尾巴哽咽地说，“主人……您答应过……您答应过的……”

“伸出手臂。”伏地魔懒洋洋地说。

“哦，主人……谢谢您，主人……”

他伸出血淋淋的断臂，但伏地魔又冷笑一声：“不是这只，虫尾巴。”

“主人，求求您……求求您……”

伏地魔弯下身，拉起虫尾巴的左臂，把他的衣袖捋到胳膊肘上。哈利看到那处皮肤上有个东西，好像是鲜红的文身图案——一个骷髅嘴里吐出一条蛇，是魁地奇世界杯赛上天空中出现过的那个图形：黑魔标记。伏地魔仔细端详着它，全然不理会虫尾巴无法控制的抽泣。

“它又出现了，”他轻声说，“他们都会注意到的……现在，我们会看到……我们会知道……”

他把长长的、苍白的食指按在虫尾巴胳膊的烙印上。

哈利前额的伤疤再一次剧痛起来，虫尾巴又发出一声哀号。伏地魔把手指从虫尾巴的印记上拿开，哈利看见印记变成了漆黑的颜色。

伏地魔脸上露出残酷的得意神情。他直起腰，把头一扬，扫视着黑暗的墓地。

“在感觉到它之后，有多少人有胆量回来？”他喃喃道，发光的红眼睛盯着天上的星星，“又有多少人会愚蠢地不来？”

他开始在哈利和虫尾巴面前来回踱步，一直扫视着墓地。大约一分钟后，他的视线又落到哈利身上，蛇脸扭曲起来，露出一丝残酷的微笑。

“哈利·波特，你正站在我父亲的尸骨上。”他轻轻地嘶声说，“他是一个麻瓜加笨蛋……就像你的亲妈一样。但他们都有用处，是不是？你小的时候，你妈妈为保护你而死……我杀死了我父亲，你看，他死后派上了多大用场……”

伏地魔又笑了起来。他一边来回踱步，一边扫视着四周，那条蛇还在草地上转悠。

“看到山坡上那座房子了吗，波特？我父亲在那儿住过。我母亲是个巫师，住在这个村子里，爱上了我父亲。可当她说出自己的身份之后，他抛弃了她……我父亲不喜欢魔法……

“他离开了我母亲，回到他的麻瓜父母身边，那时我还没有出生，波特。我母亲生我的时候难产死了，我在麻瓜孤儿院长大……但我发誓要找到我父亲……我向他报了仇，那个给了我跟他同样名字的傻瓜……*汤姆·里德尔*……”

他继续踱来踱去，红眼睛在坟墓间来回扫视。

“快听啊，我在这里回忆起家史来了……”他轻声说，“啊，我怎么变得这么多愁善感……可是看吧，哈利！我*真正的*家人回来了……”

空气中突然充满了斗篷窸窸窣窣的声音。在坟墓之间，在杉树后面，每一处阴暗的地方都有巫师在幻影显形，全都戴着兜帽，蒙着面孔。他们一个个走过来……走得很慢，小心翼翼，仿佛不敢相信自己的眼睛。伏地魔沉默地站在那里等着。一个食死徒跪倒在地，爬到伏地魔跟前，亲吻他黑袍的下摆。

“主人……主人……”他低声唤道。

他身后的食死徒也是一样，每个人都跪着爬到伏地魔身边，亲吻他的长袍，然后退到一旁，站起身，默默地围成一个圈子，把汤姆·里德尔的坟墓、哈利、伏地魔和瘫在地上啜泣抽搐的虫尾巴围在中间。但圈子还留着一些间隔，好像等候其他人的加入。然而伏地魔似乎不再期待有人来了。他环视着一张张戴兜帽的面孔，尽管没有风，但圈子中似乎掠过一阵细微的沙沙声，似乎那圈子打了一个哆嗦。

“欢迎，食死徒们，”伏地魔平静地说，“十三年……从我们上次集会已经有十三年了。但你们还是像昔日一样响应我的召唤……就是说，我们仍然团结在黑魔标记之下！是吗？”

他抬起狰狞的面孔，张开两条细缝一样的鼻孔嗅了嗅。

“我闻到了愧疚，”他说，“空气中有一股愧疚的臭味。”

圈子又哆嗦了一下，似乎每个人都想向后退，却又不敢动。

“我看见你们，健康无恙，魔力一如从前——这样迅速地赶到！——我问我自己……为什么这帮巫师一直不来帮助他们的主人，帮助他们宣誓要永远效忠的人呢？”

没有人说话，没有人敢动。只有虫尾巴倒在地上，捧着流血的手臂啜泣。

“我回答自己，”伏地魔轻声说，“他们一定是相信我不行了，以为我完蛋了。他们溜回到我的敌人中间，说自己是无辜的，不知情，中了妖术……

“我又问自己，他们为什么就相信我不会东山再起呢？他们不是知道我很久以前就采取措施防止死亡吗？他们不是在我比任何巫师都更强大的时候，目睹过我无数次地证明自己法力无边吗？

“我回答自己，或许他们相信还存在更强大的力量，能够战胜伏地魔……或许他们现在已经效忠他人……说不定就是那个下里巴人的头目，那个泥巴种和麻瓜的保护人，阿不思·邓布利多？”

听到邓布利多的名字，圈子中的成员骚动起来，有人嘴里嘀咕着，不停地摇头。

伏地魔不予理睬。“这让我失望……我承认我感到失望……”

圈子中的一个人突然扑倒在地，他匍匐在伏地魔脚下，从头到脚都在发抖。

“主人！”他尖叫道，“主人，饶恕我！饶恕我们吧！”

伏地魔冷笑起来，举起了魔杖。“钻心剜骨！”

倒在地上的那个食死徒痛苦地扭动着、惨叫着。哈利相信这声音一定会传到周围的房子里……快叫警察来吧，他绝望地想……谁来都行……什么都行……

伏地魔抬起魔杖。受刑的食死徒平躺在地上，喘着粗气。

“起来吧，埃弗里，”伏地魔轻声说，“站起来。你求我饶恕？我不会饶恕。我不会忘记。漫长的十三年……我要你们还清十三年的债，然后才会饶恕你们。虫尾巴已经还了一些债，是不是，虫尾巴？”

他低头看着虫尾巴。虫尾巴还在那里抽泣。

“你回到我的身边，不是出于忠诚，而是因为害怕你的老朋友们。你活该忍受这种痛苦，虫尾巴。你知道这一点，是不是？”

“是，主人，”虫尾巴呻吟道，“求求您，主人……求求您……”

“可是你帮助我获得了肉身，”伏地魔看着虫尾巴在地上抽泣，冷漠地说，“尽管你是个没用的、卑鄙的叛徒，可是你帮助了我……伏地魔不会亏待帮助过他的人……”

伏地魔再次举起魔杖，在空中舞动，魔杖头上划出一道像熔化的白银般的光带，起先并没有形状，随后光带扭曲起来，变成了一只闪闪发光的人手，像月光一样明亮。它自己飞下来，安在虫尾巴流血的手腕上。

虫尾巴突然停止了抽泣，呼吸粗重而刺耳。他抬起头，不敢相信似的看着这只银色的手。它天衣无缝地接在他的手臂上，就好像戴了一只耀眼的手套。虫尾巴试着弯曲闪光的手指，又颤抖地从地上捡起一根树枝，把它捏成了粉末。

“我的主人，”他轻声说，“主人……太漂亮了……谢谢您……谢谢您……”

他跪着爬过去，亲吻着伏地魔的袍子。

“希望你的忠诚不要再动摇，虫尾巴。”伏地魔说。

“不会的，我的主人……永远不会，我的主人……”

虫尾巴站起来，也加入到那个圈子中，脸上还带着泪光，反复端详着那只有力的新手。伏地魔朝虫尾巴右边的一个人走去。

“卢修斯，我狡猾的朋友，”他在那人面前停住，低声说道，“我听说你并没有放弃过去的行为，尽管你在世人面前装出一副道貌岸然的面孔。我相信你仍然愿意带头折磨麻瓜吧？可是你从来没有来寻找我，卢修斯……你在魁地奇世界杯赛上的举动倒是挺有趣……但如果你把精力花在寻找和帮助你的主人上，不是更好吗？”

“主人，我一直非常留心，”卢修斯·马尔福的声音迅速从兜帽下传来，“只要有您的任何信号，只要有关于您下落的任何传言，我立刻就会赶到您身边，什么也拦不住我——”

“可是去年夏天，一名忠实的食死徒把我的标记发射到空中后，你却逃走了。”伏地魔懒洋洋地说——马尔福先生突然闭了嘴，“是啊，我都知道，卢修斯……你令我失望……我希望你以后更忠诚地为我效力。”

“当然，主人，当然……您宽宏大量，谢谢您……”

伏地魔走了两步，停下来，看着马尔福和旁边一人之间的空隙——这空隙够站两个人。

“莱斯特兰奇夫妇应该站在这里，”伏地魔轻声说，“可是他们被困在了阿兹卡班。他们是忠诚的。他们宁肯进阿兹卡班也不愿背弃我……当阿兹卡班被攻破之后，莱斯特兰奇夫妇将得到他们梦想不到的奖赏。摄魂怪将加入我们……他们是我们的天然同盟……我们将召回被驱逐的巨人……我将找回我所有忠诚的仆人，重新拥有一批人人畏惧的神奇动物……”

他继续走动，走过一些食死徒面前时没有作声，在另一些人面前停了下来，跟他们讲话。

“麦克尼尔……虫尾巴告诉我，你在为魔法部消灭危险野兽？不久就会有更好的东西让你去消灭的，麦克尼尔，伏地魔将提供……”

“谢谢您，主人……谢谢您。”麦克尼尔喃喃道。

“啊——”伏地魔走到两个块头最大、戴着兜帽的人影面前，“克拉布……你这次会表现得好一点，是吗，克拉布？还有你，高尔？”

两人笨拙地鞠了一躬，傻乎乎地嘟哝着。

“是，主人……”

“会的，主人……”

“你也一样，诺特。”伏地魔对笼罩在高尔先生阴影下的一个驼背人轻声说道。

“主人，我匍匐在您面前，我是您最忠诚——”

“够了。”伏地魔说。

他走到了最大的一个空隙跟前，用空洞的红眼睛打量着它，就好像有人站在那里似的。

“这里少了六个食死徒……有三个为我死了，有一个没胆子回来……他会付出代价的。另一个，我想是永远离开我了……他当然会被处死……还有一个仍然是我最忠诚的仆人，已经重新为我服务了。”

食死徒们出现了小小的骚动，哈利看见这些蒙面人偷偷交换着目光。

“他在霍格沃茨，我那个忠诚的仆人，靠了他的努力，我们的小朋友今晚才会来到这里……”

一圈人的目光齐刷刷地投向哈利。“不错，”伏地魔没有嘴唇的嘴巴扭曲出一个笑容，“哈利·波特大驾光临我的再生晚会。我们甚至不妨称他为我的特邀嘉宾。”

一片沉默。然后虫尾巴右边的食死徒向前走了一步，面具下传出卢修斯·马尔福的声音。

“主人，我们渴望知道……恳求您告诉我们……您是怎样完成了这个……这个奇迹……重新回到我们身边……”

“啊，说来话长，卢修斯，”伏地魔说，“这个故事的开头——还有结尾——都和我的这位小朋友有关。”

他懒洋洋地走到哈利身边，整个圈子的目光都落到他们两人身上。大蛇继续在那里转悠。

“你们当然知道，他们说这个男孩是我的克星，是吗？”伏地魔轻声说道，一双红眼睛盯着哈利，哈利的伤疤火辣辣地剧痛，使他差点儿尖叫起来，“你们都知道，在我失去法力和肉体的那个夜晚，我想要杀死他。他母亲为了救他而死——无意中使他获得了某种保护，我承认这是我没有料到的……我不能碰这个男孩。”

伏地魔伸出一根细长苍白的手指，凑近哈利的面颊。“他母亲的牺牲在他身上留下了痕迹……这是一种古老的魔法。我应该记得的，但却愚蠢地忽略了……不过没关系，现在我可以碰他了。”

哈利感到那细长苍白的手指的冰凉指尖触到他的皮肤，他的头疼得仿佛要炸开了。

伏地魔在他耳边轻笑一声，移开手指，继续对食死徒们说话。“朋友们，我承认我失算了。我的咒语被那女人愚蠢的牺牲一挡，弹回到我自己身上。啊……痛得无以复加，朋友们，什么也抵挡不住。我被剥离了肉体，比幽灵还不如，比最卑微的游魂还不如……但我还活着。我是什么，到现在我都不知道……我，在永生的路上比谁走得都远。你们知道我的目标——征服死亡。现在经过检验，看来我的那些实验中至少有一两个起了作用……因为我没有死，尽管那个咒语是致命的。然而，我却像最弱小的生物一样无力，没有办法自助……我没有肉体，而能够帮助我的每个咒语都需要使用魔杖……

“我记得在那无法合眼的日日夜夜，我每分每秒只是反复强迫自己活下去……我躲到一处遥远的森林里，等待着……我的忠诚的食死徒们肯定会想办法找到我的……肯定会有一个人来用我自己无法施展的魔法，还我一个肉身……但我白等了……”

食死徒的圈子又打了一个寒噤。伏地魔让恐怖在沉默中升级，然后继续说："我只剩下一个法力，我可以附在别人身上。但我不敢到人多的地方去，因为知道傲罗还在国外找我。我有时附在动物身上——蛇当然是我最喜欢用的——但在它们身上比当纯粹的幽灵好不了多少，因为蛇的身体不适合施魔法……而且我的附身还缩短了它们的寿命，它们都没活多久……

"后来……四年前……我的复活似乎有了指望。一个年轻愚蠢、容易上当的巫师走进了我落脚的那片森林，偏巧被我撞上了。哦，那似乎是我梦寐以求的机会……因为他是邓布利多学校里的教师……他很容易受我摆布……把我带回这个国家，后来我附在他身上，密切监视他，指导他执行我的命令。但是我的计划失败了，我没有偷到魔法石，不能保证长生不死。我被挫败了……又一次被哈利·波特挫败了……"

又一阵沉默，没有一丝动静，连红豆杉的树叶都静止了。食死徒们一动不动，面具后面闪闪发亮的眼睛盯着伏地魔，然后又盯着哈利。

"那个仆人在我离开他的身体后就死了，我又变得和以前一样虚弱。"伏地魔继续说道，"我回到那个遥远的藏身之地，我不想对你们夸口，说我当时并未担心自己再也不能恢复法力……是的，那可能是我最黑暗的时期……我不能指望再有一个巫师送上门来……而且我已不再幻想会有哪个食死徒关心我的状况……"

圈子中有一两个巫师不安地动了一下，但伏地魔没有理会。

"然后，不到一年前，就在我几乎放弃希望的时候，希望终于出现了……一个仆人找到了我。就是这位虫尾巴，他装死逃避了审判，被他以前看作朋友的人追赶得无处藏身，所以决定回到他的主人身边。他在长期以来人们传说是我藏身之地的国家寻找我……当然，一路上得到了老鼠的帮助。虫尾巴和老鼠有一种奇特的亲近关系，是不是，虫尾巴？他那些龌龊的小朋友们告诉他，在阿尔巴尼亚的密林深处有一个地方它们都不敢靠近，许多像它们那样的小动物都在那里被一个黑影附身，随后就死掉了……

“但他回到我身边的经过并不顺利，是不是，虫尾巴？一天夜里，他已走到那座森林边上，很快就要找到我了。他因为肚子饿，愚蠢地走进了一家酒馆……偏偏在那里遇见了伯莎·乔金斯——魔法部的一个女巫。

“现在看看命运是多么眷顾伏地魔吧。这次遭遇本来可能要了虫尾巴的命，也断送掉我复活的最后一丝希望。但虫尾巴表现出了出乎我意料的镇静，他说服伯莎·乔金斯和他一起在夜里散步。他制服了那女人……把她带到我面前。这个本来可能毁掉一切的伯莎·乔金斯，却成了我梦想不到的绝妙礼物……因为，我稍加说服，她就交代出了大量的情报。

“她告诉我今年霍格沃茨将举行三强争霸赛，还说她知道有一个忠诚的食死徒，只要我能和他取得联系，他就会心甘情愿地帮助我。她告诉了我很多事情……但我用来打破她身上遗忘咒的办法太厉害了。当我从她嘴里掏出所有有用的情报之后，她的精神和身体都已损伤得无法恢复。她已经派完了用场。我不能附在她身上，就把她处理掉了。”

伏地魔露出可怕的笑容，红眼睛变得空洞而冷漠无情。

“虫尾巴当然不适合附身，所有的人都以为他死了，如果他被人看到就太惹眼了。但是我需要他这样一个身体健壮的仆人，他虽是个蹩脚的巫师，却能够执行我的指示，使我初步获得一个软弱的肉身，我可以在这个身体里等待真正再生所需要的成分……靠着我自己发明的一两个咒语……还有我亲爱的纳吉尼给我的一点帮助，”——伏地魔的红眼睛望着不断转圈游动的大蛇——“用独角兽的血加上纳吉尼的毒液调制的药水……我很快就拥有了一个几乎像人一样的形体，并且有力气旅行了。

“偷魔法石是没希望了，我知道邓布利多一定会把它毁掉。但我愿意重新接受凡人的生命，然后再去追求长生不死。我把眼光放低了一些……只想恢复我原来的身体，我原来的力量。

“我知道要做到这点，需要三样强效的药引子，才能配成今天使我复活的魔药——这是一个古老的黑魔法。其中一样就在手头，是不是，虫尾巴？仆人的肉……

“我父亲的骨头，自然意味着我们要到这里来，这是埋葬他的地方。可是仇敌的血……虫尾巴建议我用任何巫师的血，是不是，虫尾巴？任何恨我的巫师……因为有那么多人仍然在恨我。但是我知道必须用谁……如果我想要复活，并且比失败前更加强大的话。我要哈利·波特的血。我要十三年前使我失去法力的那个人的血……因为他母亲留在他身上的保护也会存在于我的血液里……

“可是怎么把哈利·波特弄来呢？他被保护得那么好，我想这是连他自己都不知道的。很早以前，邓布利多在考虑安排这男孩的未来时，专门设计了一套保护方案。他用了一个古老的魔法，保证这男孩只要在亲人的照料下就会受到保护，连我都不能碰他……当然，后来是魁地奇世界杯赛……我想在那里他离开了亲人和邓布利多，所受的保护会弱一些。但我还没有力量从一大群魔法部的巫师中间把他劫走。然后这男孩回到了霍格沃茨，从早到晚都在那个喜欢麻瓜的蠢货的歪鼻子底下。我怎么才能把他弄来呢？

"啊……当然是靠了伯莎·乔金斯的情报。利用我那位潜伏在霍格沃茨的忠诚的食死徒，保证这男孩的名字被放进火焰杯。再利用我那位食死徒，确保男孩在比赛中获胜——保证他第一个接触三强杯——那杯子已经被我的食死徒换成了门钥匙，会把男孩带到这里，远离邓布利多的帮助和保护，落到我的手里。他就在这儿……你们都认为是我的克星的这个男孩……"

伏地魔慢慢走向前，转身对着哈利，举起了魔杖。"钻心剜骨！"

哈利从没经受过这样痛苦的折磨，全身的骨头都在燃烧，脑袋肯定是沿着伤疤裂开了，眼球在脑壳里疯狂地转动，他希望赶快停止……希望自己昏过去……死掉……

折磨突然结束了。他瘫软地挂在把他绑在伏地魔父亲墓碑上的绳索上，抬头透过一层雾气看着那双发光的红眼睛。夜空中回荡着食死徒的笑声。

"我想你们已经看到，认为这个男孩比我强的想法是多么愚蠢，"伏地魔说，"但我要彻底消除大家脑子里的误解。哈利·波特从我手里逃掉完全是侥幸。现在我就要杀死他，以证明我的力量，就在此时此地，当着你们的面，这儿没有邓布利多来保护他，也没有他妈妈为他做出牺牲。我会给他机会，他可以和我搏斗，这样你们就不会怀疑到底谁更加强大了。你稍等一会儿，纳吉尼。"他轻声说，大蛇在草地上游到了食死徒们站立的地方。

"把他放下来，虫尾巴，把他的魔杖还给他。"

第 34 章

闪回咒

虫尾巴走近哈利，哈利拼命用脚去够地面，想在绳索解开之前支撑住自己的身体。虫尾巴抬起新安上的银手，抽出哈利嘴里塞的破布，然后一挥手，割断了把哈利绑在墓碑上的绳索。

在一瞬间，哈利考虑过逃跑，可是他的伤腿直打战。他站在杂草丛生的墓地上，食死徒们靠拢上来，紧密地围在他和伏地魔周围，把那些没来的食死徒本应该站的空当都挤掉了。虫尾巴走到圈子外塞德里克的尸体旁，取来哈利的魔杖，粗鲁地塞到他手里，连看也没看他一眼，又径自回到食死徒的圈子里。

"你学过决斗是不是，哈利·波特？"伏地魔轻声问道，红眼睛在黑暗中闪着光。

听了这话，哈利想起两年前他曾参加过一个短期的决斗俱乐部，感觉好像是上辈子的事了……他在那里只学到了"除你武器"这样的缴械咒……可即使他能够夺走伏地魔的魔杖，又有什么用呢？周围都是食死徒，与他的比例至少是三十比一。他没有学过在这里用得上的东西。哈利知道他面临的是穆迪经常警告他们要防范的咒语……不可阻挡的阿瓦达索命咒。伏地魔说对了，这一次没有妈妈来拼死救他了……他完全没有保护。

“我们相互鞠躬吧，哈利，”伏地魔说着欠了欠身，但那张蛇脸始终望着哈利，“来吧，礼节是要遵守的……邓布利多一定希望你表现得很有风度……向死神鞠躬吧，哈利……”

食死徒们又哄笑起来。伏地魔那没有嘴唇的嘴巴露出了微笑。哈利没有弯腰，他不会让伏地魔在杀他以前玩弄他……他不会让他得逞……

“我说了，鞠躬。”伏地魔举起魔杖——哈利感到脊梁骨一弯，好像有一只看不见的大手在无情地把他的后背往前按。食死徒们笑得更厉害了。

“很好。”伏地魔轻声说道，抬起了魔杖，哈利背上的压力也消失了，“现在你看着我，像男子汉一样……昂首挺胸，就像你父亲死时那样……

“现在——我们决斗。”

伏地魔举起魔杖，哈利还没来得及自卫，甚至连动都没来得及动一下，就再次被钻心咒击中了。剧烈的疼痛占据了一切，他不知道自己身在何处……白热的刀子扎着他的每一寸皮肤，头疼得肯定是要裂开了。他尖声惨叫，他有生以来从没有发出过这样凄厉的叫声——

然后这一切停止了，哈利翻身爬起，像虫尾巴被砍掉手后一样控制不住地颤抖。他踉踉跄跄地撞到食死徒组成的人墙上，他们把他推回到伏地魔跟前。

“暂停，”伏地魔说，两条细缝一样的鼻孔兴奋地张大了，“休息一会儿……很疼吧，哈利？你不希望我再来一次，是不是？”

哈利没有回答，他会像塞德里克一样死去。那双残忍的红眼睛正在告诉他这一点……他会被杀死的，而他对此毫无办法……但他不会屈服，他不会听伏地魔的摆布……他不会求饶……

“我问你要不要我再来一次，”伏地魔轻轻地说，“回答我！魂魄出窍！”

顿时，哈利感到脑子里没有了思想，这是他一生中第三次有这种感觉……多幸福啊，不用思考，他好像在飘浮，在做梦……说“不要”……说吧……说“不要”……

我不说，脑海深处有一个更有力的声音说道，我不回答……

说“不要”……

我不说，决不说……

说“不要”……

“我不说！”

这几个字从哈利嘴里迸出来，在墓地上空回响，梦幻的状态突然消失了，就像被当头浇了一盆凉水似的——钻心咒在他浑身留下的疼痛又全部回来了——他重新意识到他在哪里，面前是什么……

“你不说？”伏地魔轻声说，食死徒们这时不笑了，“你不肯说‘不要’？哈利，我要在你死前教会你服从的美德……也许要再来一点疼痛？”

伏地魔举起魔杖，但这次哈利有所准备。他凭着在魁地奇比赛中练出的敏捷，朝旁边一扑，滚到大理石墓碑的背后，咒语没有击中他，但他听到了墓碑裂开的声音。

“我们可不是在捉迷藏，哈利，”伏地魔轻声说，那冷酷的声音在渐渐靠近，食死徒们在发笑，“你不能躲起来。这是否表示你已经对我们的决斗感到厌倦了？你是不是希望我现在就结束它，哈利？出来吧，哈利……出来决斗吧……很快的……甚至没有任何痛苦……我不知道……我没有死过……”

哈利蜷缩在墓碑后，知道一切都完了。没有希望……孤立无助。他听着伏地魔步步逼近，心里只有一个念头，这念头超越了恐惧和理智：他不能像捉迷藏的小孩一样，蜷缩在这里死去；他死时不能跪倒在伏地魔的脚下……他要像他父亲一样站着死去，要在自卫中死去，即使自卫是不可能的……

不等伏地魔的蛇脸转过墓碑，哈利站了起来……他握紧魔杖，举在身前，闪身冲了出去，正对着伏地魔。

伏地魔也有准备。在哈利喊出“除你武器！”的同时，伏地魔喊道：“阿瓦达索命！”

一道绿光从伏地魔的魔杖中射出，同时哈利的魔杖中射出一道红光——两道光在空中相遇——哈利的魔杖突然像通了电似的振动起来，他紧紧攥住它，即使他想放手也放不下了——现在，一道细细的光束连接着两根魔杖，既不是红也不是绿，而是耀眼的深金色。哈利惊奇地顺着光束望去，只见伏地魔苍白细长的手指也握着一根颤动的魔杖。

然后完全猝不及防地，哈利感到自己的双脚离开了地面，他和伏地魔都升到了空中，两根魔杖仍然被那道闪烁的金线连在一起。他们从伏地魔父亲的墓碑前飞到一片没有坟头的空地上……

食死徒们在喊叫，请求伏地魔的指示。他们跟了过来，重新把哈利和伏地魔围在中间。大蛇跟着他们游动,有几人抽出了魔杖——

连接哈利和伏地魔的那根金线突然散开了，但两根魔杖仍然紧紧相连，哈利和伏地魔的上方出现了上千道光弧。光弧在他们周围相互交织，最后形成了一张圆顶的金网，一个由光构成的笼子。食死徒们像野狗一样围在笼外,他们的叫声奇怪地减弱了……

“不要动！”伏地魔高声向食死徒们喊道，哈利看到他的红眼睛惊愕地张大了，看得出他对眼前的情景十分震惊，竭力想挣断连接两根魔杖的光丝。哈利用双手死死攥住魔杖，金线仍然连在一起。“没有我的命令不要动！”伏地魔朝食死徒们喊道。

突然一阵美妙的仙乐在空中响起……是从哈利和伏地魔周围振动的光网的每一根光丝上发出来的。哈利听出来了，尽管这音乐他以前只听过一次……这是凤凰的歌声……

对哈利来说，这声音代表着希望……是他一生中听过的最美妙、最令人愉快的声音……他感到这歌声像是在他内心而不是在他周围……这声音使他想到邓布利多，这声音几乎像是一个朋友在耳边说话……

不要断开连接！

我知道，哈利对音乐说，我知道不能断开……可是刚想到这里，维持连接的难度陡然增加了。他的魔杖更加猛烈地振动起来……连接他和伏地魔的金丝也发生了变化……仿佛有大颗的光珠沿着光丝滑来滑去——哈利感到手中的魔杖抖动了一下，光珠开始缓缓地稳稳地朝他这边滑来……光珠正离开伏地魔朝他这头移动，他的魔杖在剧烈地振动……

随着第一颗光珠接近哈利的杖尖，他手中的魔杖变得滚烫，他简直担心它会烧起来。光珠靠得越近，哈利的魔杖振动得越厉害。他确信魔杖肯定经不住光珠的一碰。他的魔杖仿佛马上就要在手中碎裂了——

他集中全部意念，努力将光珠逼向伏地魔那边。他耳中回响着凤凰的歌声，他目光坚定，喷射着怒火……慢慢地，慢慢地，光珠颤抖着停了下来，然后同样缓慢地开始朝另一头移动……现在是伏地魔的魔杖猛烈地振动起来……伏地魔看上去很震惊，几乎有些害怕……

一颗光珠颤抖着，离伏地魔的杖尖只有几英寸了。哈利不知道他为什么要这么做，也不知道这样做会有什么结果……但他一生从没有这样聚精会神，一心只想把光珠逼入伏地魔的杖尖……慢慢地……慢慢地……光珠顺着金线移动……颤抖了片刻……与杖尖相连了……

顿时，伏地魔的魔杖发出了一阵痛苦的尖叫，回响不绝……然后——伏地魔的红眼睛吃惊地瞪大了——一只由浓烟形成的人手飞出了杖尖，消失不见……是他为虫尾巴制造的那只断手的幽灵……又一阵痛苦的叫声……一个更大的物体从伏地魔的杖尖冒了出来，是一个灰色的大东西，仿佛是由最稠密的浓烟构成的……先出来一个头……然后是胸部和手臂……是塞德里克·迪戈里的身体。

如果哈利会因震惊而丢掉魔杖的话，那就是在此刻。但他本能地牢牢攥紧魔杖，使金色的光丝保持不断，尽管塞德里克·迪戈里灰色的幽灵（是幽灵吗？它看上去那么实在）整个从伏地魔的杖尖钻了出来，好像是从非常狭窄的管道中挤出一般……塞德里克的灵魂站起来，望望金色的光丝，说话了。

“坚持住，哈利。”他说。

他的声音听来十分遥远，带着回声。哈利看着伏地魔……他的红眼睛仍然吃惊地瞪着……他对这一切和哈利一样感到意外……哈利隐隐约约地听到了食死徒们惊恐的叫喊，他们在金网的边缘转来转去……

魔杖里又发出一阵痛苦的尖叫……接着，又一个东西从杖尖冒了出来……又是浓烟构成的一个人头，紧接着是手臂和身体……这是一个哈利只在梦中见过的老头，像塞德里克刚才一样从魔杖里挤了出来……这个幽灵或鬼魂，或是别的什么，落到塞德里克旁边，拄着拐杖，略带吃惊地打量着哈利和伏地魔，打量着金网，还有连在一起的魔杖……

“这么说，他真的是个巫师？”老头说，眼睛望着伏地魔，“这家伙要了我的命……你跟他斗，孩子……”

可是又一个人头出现了……如同一个烟灰色的雕像，这是个女人……哈利拼命抓稳魔杖，双臂都在颤抖。他看到这女人落到地上，像其他人一样直起身子，张望着……

伯莎·乔金斯的幽灵瞪大眼睛望着眼前的这场搏斗。

“别撒手！”她喊道，喊声像塞德里克的一样带着回音，仿佛从很远的地方传来，“别让他害你，哈利，别撒手！”

她和另外两个幽灵开始沿着金网的内壁移动，食死徒们则在外面绕着金网乱跑……被伏地魔害死的幽灵一边绕着决斗者行走，一边小声地鼓励哈利，同时对伏地魔咬牙切齿地说着一些哈利听不见的话。

现在又一个人头从伏地魔的杖尖冒了出来……哈利一眼就看出了她是谁……仿佛他从塞德里克冒出来的那一刻起就期待着她出现似的……他一眼就认了出来，因为冒出来的是那个他今晚想得最多的人……

一个长头发的年轻女子的幽魂像伯莎那样落到地上，直起身子注视着他……哈利眼睛望着母亲的面孔，双臂剧烈地抖动着。

“你爸爸也来了……”她轻声说，“他想见你……会没事的……顶住……”

他果然出来了……先是脑袋，然后是身体……一个头发和哈利一样蓬乱的高个儿男子——詹姆·波特烟雾般的灵魂从伏地魔的杖尖升起，像他妻子一样落到地上，直起身子。他走近哈利，低头看着他，用同样遥远、带着回响的声音对他说话，但声音很低，伏地魔听不见——伏地魔看到被他杀害的人在他周围走来走去，吓得脸色铁青……

“连接断开后，我们只能待一小会儿……但我们会为你争取时间……你必须拿到门钥匙，它会把你带回霍格沃茨……明白吗，哈利？”

“明白。”哈利喘着气说，魔杖在他手里滑动，他拼命抓住它。

“哈利……”塞德里克的幽灵说，“把我的身体带回去，好吗？带给我的父母……”

“我会的。”哈利说。他竭尽全力握着魔杖，脸都拧歪了。

“撤吧，”他父亲小声说，“准备快跑……现在就撤……”

“**嗨！**”哈利高声喊道，觉得自己反正也坚持不下去了——

他用力将魔杖向上一挑，金线断了，光网不见了，凤凰的歌声也消失了——但屈死在伏地魔手下的那些人的幽灵并没有消失——他们把伏地魔围了起来，不让他看见哈利——

哈利使出平生气力狂奔，把两名惊呆的食死徒撞到一边。他穿来穿去，用墓碑作掩护。他感觉到食死徒们的咒语在他身后嗖嗖追来，听到咒语打在墓碑上——他躲避着咒语和坟墓，朝塞德里克的尸体冲去。他忘记了腿上的疼痛，一心只想着他一定要做的事情——

“击昏他！”他听见伏地魔喊道。

在离塞德里克十英尺的地方，哈利急忙闪到一个大理石天使雕塑后面，避开了身后射来的红光，却见天使的翅膀尖被咒语打得粉碎。他攥紧魔杖，从天使后面冲了出来——

“障碍重重！”他将魔杖越过肩头，狂乱地指着身后追来的食死徒，高声吼道。

随着一声沉闷的叫喊，他知道自己至少拦住了一个，但没有时间停下来看了。他跳过奖杯，听见身后传来更多魔杖发射的声音，赶紧扑倒在地，伸手去抓塞德里克的胳膊，一阵光雨掠过他的头顶——

“闪开！我要杀死他！他是我的！”伏地魔尖叫道。

哈利和伏地魔之间只隔着一块墓碑。他抓住了塞德里克的手腕，可塞德里克太沉了，他搬不动，奖杯又够不着——

伏地魔的红眼睛在黑暗中闪着红光，哈利看到他嘴唇扭曲成一个狞笑，看见他举起了魔杖。

“奖杯飞来！”哈利用魔杖指着三强杯喊道。

奖杯腾空向他飞来。哈利一把抓住奖杯的把手——

他听见伏地魔在狂怒地叫喊，同时感到肚脐下被扯了一下，门钥匙起作用了——他被一阵五彩的旋风席卷而去，塞德里克在他身边……他们回去了。

第 35 章

吐 真 剂

哈利感觉自己脸朝下摔到地上，脸埋在草里，鼻子里全是青草的气味。在门钥匙带着他飞行时，他是闭着眼睛的，现在他还是紧闭双眼一动不动。所有的力气似乎都跑光了。他头晕得厉害，感觉身子下的地面像船甲板一样颠簸摇晃。为了稳住自己，他攥紧了仍在手里的两样东西：三强杯光滑、冰冷的把手和塞德里克的尸体。他感到好像只要放开其中一样，他就会滑入脑海边缘正在聚集的黑暗中。震惊和疲劳使他趴在地上，闻着青草的气味，等待着……等待着有人做些什么……等待着发生些什么……同时额头的伤疤一直在隐隐灼痛……

一阵声浪淹没了他，令他迷惑，到处都是声音，脚步声、叫嚷声……他原地不动，五官拧成一团，不想理会那些声音，仿佛这是一场噩梦，很快就会过去……

一双有力的大手抓住了他，把他翻了过来。

“哈利，哈利！”

他睁开眼睛。

眼前是繁星点点的夜空，阿不思·邓布利多蹲在他身前。周围是黑压压的人影，都向他拥过来。哈利能感到脑袋下的地面随着他们的脚步在微微震动。

他已回到了迷宫边缘，可以看到四周高高的看台，有人在上面走动，头顶上星光闪烁。

哈利放开奖杯，但把塞德里克抓得更紧了。他用腾出的手抓住邓布利多的手腕，邓布利多的脸时而清晰时而模糊。

“他回来了，”哈利小声说，“伏地魔他回来了。”

“怎么了？出了什么事？”

康奈利·福吉颠倒的脸出现在哈利面前，他脸色苍白，神情惶恐。

“上帝啊……迪戈里！”他说，“邓布利多……他死了！”

这句话传了出去，正在往里挤的黑乎乎的人影惊骇地把它传给了周围的人……其他人喊了起来——尖叫声响彻夜空——“他死了！”“他死了！”“塞德里克·迪戈里！死了！”

“哈利，放开他吧。”他听见福吉的声音说，并感到有人在扳他的手指，想让他放开塞德里克软绵绵的尸体，但哈利死命抓住不放。

然后邓布利多的脸凑近了些，依旧模糊不清。“哈利，你帮不了他了，结束了。放开吧。”

“他要我把他带回来，”哈利低声说——说清这一点似乎很重要，“带给他的父母。”

“好的，哈利……放开吧……”

邓布利多俯下身，用对于一个瘦削老人来说超乎寻常的力气扶哈利站了起来。哈利摇摇晃晃，脑袋里像有锤子在敲，受伤的腿支撑不住他身体的重量。人群推推挤挤，使劲往前凑，黑压压地朝他逼近——“怎么回事？”“他怎么了？”“迪戈里死了！”

“他需要去校医院！”福吉大声说，“他病了，受了伤——邓布利多，迪戈里的父母在这儿。在看台上……”

“我带哈利去，邓布利多，我带他——”

“不，我想——”

“邓布利多，阿莫斯·迪戈里在跑……他过来了……你要不要先跟他说一下——在他看到之前——？”

“哈利，待在这儿——”

女生们在尖叫，在歇斯底里地哭泣……这幕情景在哈利眼前怪异地闪动着……

“没事，孩子，有我呢……走吧……去医院吧……”

“邓布利多说‘待在这儿’。”哈利含混地说，伤疤的突突作痛使他感到想吐，视线更加模糊了。

“你需要躺下来……走吧……”

一个比他魁梧强壮的人半拖半抱地带着他穿过惊恐的人群。哈利听见人们吸气、尖叫、高喊的声音。那人挟着他从人群中挤了出来，朝城堡走去。走过草坪、湖畔和德姆斯特朗的大船，哈利只听见那个男人沉重的喘息声。

“出了什么事,哈利？”扶哈利走上台阶时,那人开口问道。噔，噔，噔。是疯眼汉穆迪。

“奖杯是个门钥匙，”哈利说——他们穿过门厅，“把我和塞德里克带到了一片墓地上……伏地魔在那里……伏地魔……”

噔，噔，噔。走上了大理石楼梯……

“黑魔头在那儿？然后呢？”

“杀死了塞德里克……他们杀死了塞德里克……”

“后来呢？”

噔，噔，噔。穿过走廊……

“煎了一服药……恢复了他的肉身……”

“黑魔头恢复了肉身？他复活了？”

“然后食死徒来了……然后我们决斗……”

“你和黑魔头决斗了？”

“我逃了出来……我的魔杖……出了点奇怪的事……我见到了我的妈妈和爸爸……他们从他的魔杖里冒了出来……”

“进来，哈利……进来，坐下吧……你不会有事的……喝点儿药……”

哈利听到了钥匙插进锁眼的声音，一个杯子塞到了他手里。

“喝下去……你会好受一点儿……喝吧，哈利，我需要了解确切的情况。”

穆迪帮着把那杯东西倒进了哈利嘴里，哈利呛得咳嗽起来，嗓子里像灌了胡椒一样火辣辣的。穆迪的办公室清晰起来了，穆迪也清晰起来了……他的脸色像福吉的一样苍白，两眼一眨不眨地盯着哈利的脸。

“哈利，伏地魔回来了？你确定吗？他是怎么做的？”

“他从他爸爸的坟墓里，从虫尾巴和我身上各取了一点东西。”哈利说。他的脑子清楚了一些，伤疤疼得不那么厉害了。尽管办公室里光线昏暗，但现在他能清楚地看到穆迪的脸了，还能隐隐地听见远处魁地奇球场上人们的叫喊声。

“黑魔头从你身上取了点儿什么？”穆迪问。

“血。”哈利举起手臂。他的袖子被虫尾巴的匕首割破了。

穆迪长长地嘘了一声。“食死徒呢？他们回去了？”

“是的，”哈利说，“好多人呢……”

“他对他们怎么样？”穆迪轻声问道，“他原谅他们了吗？”

哈利突然想起来了。他应该告诉邓布利多，应该一回来就讲的——“霍格沃茨有一个食死徒！这儿有一个食死徒——食死徒把我的名字放进了火焰杯，故意让我最后获胜——”

哈利想站起来，但穆迪把他按住了。

“我知道那个食死徒是谁。”他平静地说。

“卡卡洛夫？”哈利急切地问，“他在哪儿？你抓到他了吗？把他关起来了吗？”

“卡卡洛夫？”穆迪古怪地笑了一下，“卡卡洛夫今晚逃走了，因为他感到自己胳膊上的黑魔标记烧灼起来了。他出卖了那么多黑魔头的忠实支持者，不敢去见他们……但我怀疑他不会走远，黑魔头有办法跟踪他的敌人。”

“卡卡洛夫不在了？他跑了？那——他没有把我的名字放进火焰杯？”

“没有，”穆迪缓缓地说，“不是他。是我干的。”

哈利听见了，但是不能相信。

“不，”他说，“你没有……你不可能……”

“确实是我。”穆迪说，那只魔眼转到了后面盯着房门。哈利知道他是在看外面是不是有人。就在这时，穆迪抽出魔杖指着哈利。

“这么说他原谅了他们，是吗？原谅了那些逍遥在外、逃脱了阿兹卡班囚禁的食死徒？”

“什么？”哈利说。

他看着穆迪手里指向他的魔杖。这是个蹩脚的玩笑，一定是的。

“我问你，”穆迪平静地说，“他是不是原谅了那些从来没有寻找过他的渣滓？那些叛徒、胆小鬼，他们连为他进阿兹卡班都不敢。那些没有信义的下贱的东西。他们有胆子戴着面具在魁地奇世界杯赛上胡闹，但看到我发射的黑魔标记之后就一个个溜走了。”

“你发射的……你说什么呀……？”

“我告诉过你，哈利……我告诉过你。如果我对什么事情恨之入骨的话，那就是让一个食死徒逍遥在外。他们在我的主人最需要他们的时候背叛了他。我希望他惩罚他们，我希望他折磨他们。告诉我，他折磨了他们，哈利……”穆迪脸上突然露出神经质的笑容，“告诉我，他对他们说只有我一直忠心耿耿……愿意冒一切风险帮他得到他最想要的东西——你！”

“你没有……不……不可能是你……”

“谁把你的名字作为另一个学校的学生放进了火焰杯？是我。谁吓走了可能伤害你或妨碍你获胜的每一个人？是我。谁怂恿海格让你看到火龙？是我。谁使你想到了打败火龙的唯一办法？还是我。”

穆迪的那只魔眼转回来盯着哈利。他的歪嘴咧得更大了。“不容易啊，哈利，帮助你通过这些项目，又不引起怀疑。我不得不使出我所有的心计，让人们看不出我插手的痕迹。如果你赢得太容易，邓布利多会起疑心的。只要你进了迷宫，而且最好先出发——这样，我就有机会除掉其他几名勇士，为你扫清道路。但我还得对付你的愚蠢。第二个项目中……我特别担心我们会失败。我一直盯着你，波特。我知道你没有发现金蛋的线索，所以我必须再给你一个提示——”

“你没有，”哈利嘶哑地说，“是塞德里克提醒了我——”

“是谁告诉塞德里克要在水下打开金蛋的？是我。我相信他会告诉你的。正派的人很容易被操纵，波特。我知道塞德里克想报答你上次告诉他第一个项目是火龙的事，他确实这么做了。但即使这样，你似乎还有可能失败。我一直在盯着你……你在图书馆里的那些时间。难道你没发现你需要的那本书就在宿舍里吗？是我布置的，我把它给了那个叫隆巴顿的男孩，你记得吗？《地中海神奇水生植物及其特性》。它会告诉你关于鳃囊草的一切有用知识。我以为你会求助于周围每一个人。隆巴顿会马上告诉你。可你没有——你没有——你的骄傲和独立意识差点儿毁掉了一切。

“我能有什么办法？再找一个天真的人去提醒你。你在圣诞节舞会上对我说有个叫多比的家养小精灵送了你一件圣诞礼物。我把那个小精灵叫到教工休息室去收集要洗的衣服。我大声和麦格教授谈论被扣的人质，猜测波特会不会想到使用鳃囊草。你的小精灵朋友马上跑到斯内普的储藏柜，又急急忙忙去找你……”

穆迪的魔杖依然指着哈利的心口，在他身后，墙上的照妖镜里有模糊的影子在晃动。“你在湖里待的时间太长了，波特。我以为你淹死了。还好，邓布利多把你的愚蠢当成了高尚，给你打了高分，我才松了口气。

“当然，你在今晚的迷宫里也得到了照顾。”穆迪说，“我在迷宫周围巡逻，能看透外层的树篱，并用咒语把许多障碍从你的路上赶走了。我击昏了芙蓉·德拉库尔，又对克鲁姆施了夺魂咒，让他去干掉迪戈里，为你扫清了夺杯的障碍。”

哈利瞪着穆迪，想不通这怎么可能……邓布利多的朋友，大名鼎鼎的傲罗……抓获了那么多食死徒……这不合情理……太不合情理了……

照妖镜里的影子变得清晰起来。哈利越过穆迪的肩膀看出是三个人的轮廓，他们越走越近。但穆迪没有看到，他那只魔眼正盯着哈利。

“黑魔王没能杀死你，波特。他是那么想杀你，”穆迪轻声说，“想想吧，要是我替他做到了，他会怎样奖赏我。我把你送给了他——你是他复活最需要的东西，然后又替他把你杀了。我会得到超过其他任何食死徒的荣誉，我将成为他最宠爱的亲信……比儿子还要亲……”

穆迪那只正常的眼睛凸了起来，那只魔眼紧盯着哈利。房门插着，哈利知道自己来不及掏出魔杖……

“黑魔王和我有很多共同之处，”穆迪现在看上去完全疯狂了，居高临下地朝哈利狞笑着，“比如，我们都有非常令人失望的父亲……极其令人失望。哈利，我们都耻辱地继承了父亲的名字，我们都愉快地……非常愉快地……杀死了自己的父亲，以确保黑魔势力的崛起！”

“你疯了，”哈利情不自禁地说，“你疯了！”

“我疯了？”穆迪失控地提高了嗓门，“我们走着瞧！看看是谁疯了。黑魔王已经回来了，由我辅佐他。他回来了，哈利·波特，你没有征服他——现在——我要征服你！”

穆迪举起魔杖，张开嘴巴。哈利把手插进长袍里——

“昏昏倒地！”一道耀眼的红光，伴随着木头断裂的巨响，穆迪办公室的房门被冲开了——

穆迪脸朝下直挺挺地倒了下去。哈利还盯着穆迪的脸刚才所在的地方，只见阿不思·邓布利多、斯内普教授和麦格教授从照妖镜里看着他。他扭过头，看到他们三个人站在门口，邓布利多在前面，手里举着魔杖。

在那一刻，哈利第一次完全理解了为什么人们说邓布利多是伏地魔唯一害怕的巫师。邓布利多向下看着昏迷的疯眼汉穆迪时，脸色是那样可怕，超出了哈利的想象。邓布利多的脸上没有慈祥的微笑，镜片后的眼睛里也没有愉快的火花。那张苍老的脸上每一丝皱纹都带着冰冷的愤怒。邓布利多周身辐射出一种力量，就好像他在燃烧发热一样。

他走进房间，把一只脚插到昏迷的穆迪身下，将他翻了个身，露出脸部。斯内普跟了进来，看着墙上的照妖镜，他的脸还在镜中朝屋里望着。

麦格教授径直走向哈利。

“走，波特，”她轻声说，薄薄的嘴唇颤抖着，好像要哭出来似的，“跟我走……去医院……”

“不。”邓布利多坚决地说。

“邓布利多，他必须去医院——你看看他——他今晚受够了——”

“他要留下来，米勒娃，因为他需要弄明白，”邓布利多简单地说，“理解是接受的第一步，只有接受后才能够康复。他需要知道是谁使他经历了今天晚上的磨难，以及为什么会这样。”

“穆迪，”哈利说，仍然完全不能相信，“怎么可能是穆迪？”

“那不是阿拉斯托·穆迪，”邓布利多平静地说，“你从未见到过阿拉斯托·穆迪。真正的穆迪不会在发生今晚的事情之后把你从我身边弄走。他一带走你，我就知道了——所以跟了过来。”

邓布利多弯下腰，从昏瘫的穆迪身上掏出了弧形酒瓶和一串钥匙。然后他转身看着麦格教授和斯内普。

“西弗勒斯，请你去拿你最强效的吐真剂，再到厨房把一个叫闪闪的家养小精灵找来。米勒娃，拜托你到海格家跑一趟，他的南瓜地里有一条大黑狗。你把那条狗带到我的办公室，说我一会儿就到，然后你再回到这儿来。”

斯内普和麦格或许觉得这些指示有些奇怪，但他们没有流露出来。两人立刻转身离去。邓布利多走到一只有七把锁的箱子跟前，将第一把钥匙插进锁眼，打开箱子，里面是一堆咒语书。邓布利多关上箱子，将第二把钥匙插进第二个锁里，再打开来，箱子里不再是咒语书，而是各种破损的窥镜、一些羊皮纸和羽毛笔，还有一件像是银色的隐形衣的东西。哈利惊奇地看着邓布利多将第三、第四、第五和第六把钥匙插进锁里，打开箱子，每次出现的东西都不一样。最后他将第七把钥匙插进锁里，掀开箱盖，哈利惊叫起来。

第35章 吐真剂

他看到箱子下面竟然是一个大坑，像一间地下室，约莫三米深的地板上躺着一个人，骨瘦如柴，仿佛睡着了。是真正的疯眼汉穆迪。他的木腿不见了，魔眼的眼皮下是空的，花白的头发少了好几撮。哈利望望箱底熟睡的穆迪，又望望办公室地上昏迷的穆迪，惊愕万分。

邓布利多爬进箱子里，弯下身子，轻轻落到熟睡的穆迪身旁，俯身看着他。

"被击昏了——中了夺魂咒——非常虚弱。"他说，"当然啦，他们需要让他活着。哈利，把假穆迪的斗篷扔下来——阿拉斯托冻坏了。需要把他交给庞弗雷女士，不过他看起来暂时还没有生命危险。"

哈利照办了。邓布利多把斗篷盖在穆迪身上，为他掖好，然后爬出箱子。他拿起放在桌上的弧形酒瓶，拧开盖子，把酒瓶倒过来，一股黏稠的液体洒在办公室的地板上。

"复方汤剂,哈利,"邓布利多说,"你看这多么简单,多么巧妙。穆迪向来只用他随身带的弧形酒瓶喝酒，这是出了名的。当然，冒充者需要把真穆迪留在身边，以便不断地配制汤剂。你看他的头发……"邓布利多望着箱子里的穆迪说，"被人剪了一年，看到参差不齐的地方了吗？但是我想，我们的假穆迪今晚也许兴奋过度，忘记按时喝药了……每小时喝一次……等着瞧吧。"

邓布利多拉出桌前的椅子，坐了下来，眼睛盯着地板上昏迷不醒的穆迪。哈利也盯着他。时间在沉默中一分一秒地过去。

看着看着，地上那个人的脸起了变化，伤疤渐渐消失，皮肤光滑起来，残缺的鼻子长全了，缩小了。长长的灰发在缩短，变成了稻草色。突然当啷一声，木腿掉到一旁，一条真腿长了出来。接着，那个带魔法的眼球从眼窝里跳了出来，一只真眼取代了它的位置。带魔法的眼球滚到地板上，还在滴溜溜地乱转。

哈利看到面前躺着一个男子，皮肤苍白，略有雀斑，一头浅黄的乱发。他认得这个人，在邓布利多的冥想盆里见过。哈利看到他被摄魂怪从法庭上带走时，还向克劳奇先生辩解说自己是清白的……但现在他的眼角已有皱纹，看上去老多了……

走廊上响起了急促的脚步声。斯内普带着闪闪回来了，麦格教授紧紧跟在后面。

“克劳奇！”斯内普呆立在门口，“小巴蒂 · 克劳奇[①]！”

“天哪。”麦格教授呆立在那里，瞪视着地上的男子。

邋邋遢遢的闪闪从斯内普腿边探出头来。她张大了嘴巴，发出一声刺耳的尖叫。“巴蒂少爷，巴蒂少爷，你在这儿做什么？”

她扑到年轻男子的胸前。“你杀了他！你杀了他！你杀了主人的儿子！”

“他只是中了昏迷咒，闪闪。”邓布利多说，“请让开点。西弗勒斯，药水拿来了吗？”

斯内普递给邓布利多一小瓶澄清的液体，就是他在课堂上威胁哈利时提到过的吐真剂。邓布利多站起身，弯腰把地上的男子拖起来，使他靠墙坐在照妖镜下。照妖镜里，邓布利多、斯内普和麦格仍朝下在看着他们。闪闪依然跪在那里，双手捂着脸，浑

① 因为克劳奇父子都叫巴蒂 · 克劳奇，为了易于读者区分，我们在译文中把儿子称为小巴蒂 · 克劳奇或者小克劳奇。

身发抖。邓布利多扳开那人的嘴巴，倒了三滴药水，然后用魔杖指着那人的胸口说："快快复苏！"

克劳奇的儿子睁开了眼睛，他目光无神，面颊松弛。邓布利多蹲在他身前，和他脸对着脸。

"你听得见我说话吗？"邓布利多镇静地问。

那男子的眼皮颤动了几下。

"听得见。"他低声说。

"我希望你告诉我们，"邓布利多和缓地说，"你怎么会在这里？你是怎么从阿兹卡班逃出来的？"

小克劳奇颤抖着深深吸了口气，然后用一种不带感情的平板语调讲了起来。"我母亲救了我。她知道自己要死了，求父亲把我救出去，算是最后为她做一件事。父亲很爱母亲，尽管他从来不爱我。他同意了。他们一起来看我，给我喝了一服复方汤剂，里面有我母亲的头发。母亲喝了有我头发的复方汤剂。我们交换了容貌。"

闪闪摇着头，浑身发抖。"别说了，巴蒂少爷，别说了，你会给你父亲惹麻烦的！"

但是小克劳奇又深吸了一口气，继续用平板的声音说了下去："摄魂怪是瞎子，它们嗅到一个健康人和一个将死的人走进阿兹卡班，又嗅到一个健康的人和一个将死的人离开阿兹卡班。父亲把我偷偷带了出去。我装成母亲的样子，以防有犯人从门缝里看见。

"我母亲在阿兹卡班没过多久就死了。她一直没忘了喝复方汤剂，死的时候还是我的模样，被当成我埋葬了。所有的人都以为那是我。”

那男子的眼皮颤动着。

“你父亲带你回家后,把你怎么办的呢?”邓布利多平静地问。

“假装我母亲去世。举行了一个低调而私人的葬礼，坟墓是空的，家养小精灵护理我恢复健康。父亲要把我藏起来，还要控制我，不得不用了好些咒语来制约我。我体力恢复之后，一心只想找到我的主人……重新为他效劳。”

“你父亲是怎么制约你的?”邓布利多问。

“夺魂咒,”小克劳奇说,“我被我父亲控制着，被迫从早到晚穿着隐形衣。我一直和家养小精灵待在一起。她是我的看守和护理。她同情我，说服我父亲有时给我一些优待，作为对我表现不错的奖赏。”

“巴蒂少爷，巴蒂少爷,”闪闪捂着脸抽泣道,“你不应该告诉他们，我们会倒霉的……”

“有没有人发现你还活着?”邓布利多轻声问,“除了你父亲和家养小精灵之外?”

“有,”小克劳奇说，眼皮又颤动起来,“我父亲办公室的一个女巫，伯莎·乔金斯。她拿着文件到我家来给我父亲签字。父亲不在家,闪闪把她领进屋,然后回到厨房来照料我。但是伯莎·乔金斯听见了闪闪和我说话，就过来查看，她从听到的话里猜出了藏在隐形衣下的是什么人。我父亲回来后，她当面问他。父亲对她施了一个非常强大的遗忘咒，使她忘掉了她发现的秘密。这个咒太厉害了，父亲说对她的记忆造成了永久的损害。”

“她干吗要来管我主人的私事?”闪闪抽泣道,“她为什么不放过我们？”

“说说魁地奇世界杯赛吧。”邓布利多说。

“闪闪说服了我父亲，”小克劳奇依旧用那单调的声音说，“她劝了他好几个月。我有几年没出门了。我喜欢魁地奇。让他去吧，她说，他可以穿着隐形衣，他可以观看比赛。让他呼吸一下新鲜空气吧。闪闪说我母亲会希望我去的。她对我父亲说，母亲救我是想让我获得自由，而不是被终身软禁。父亲最终同意了。

“计划得很周密。我父亲一大早把我和闪闪带到顶层包厢，闪闪可以说她为我父亲留着座位。我坐在那里，谁也看不见我。等大家都离开后，我们再出来。看上去是闪闪一个人，谁也不会发现。

“但闪闪不知道我在强壮起来。我开始反抗父亲的夺魂咒。有时候我几乎恢复了本性。偶尔我似乎暂时摆脱了他的控制。在顶层包厢就发生了这种情况。就像大梦初醒一般，我发现自己坐在人群中，在观看比赛。在我的眼前有一根魔杖，插在一个男孩的衣服兜里。自打进了阿兹卡班之后我一直没机会碰魔杖。我把这根魔杖偷了过来，闪闪不知道。闪闪有恐高症，一直用手捂着脸。”

“巴蒂少爷，你这坏孩子！”闪闪轻声说，眼泪顺着指缝往下流。

“你拿了魔杖，”邓布利多说，“用它做了什么呢？”

“我们回到帐篷里，”小克劳奇说，“然后我们听到了他们的声音。那些食死徒。那些没有进过阿兹卡班的家伙，从来没有为我的主人受过苦，他们背叛了他。他们不像我这样身不由己，可以自由地去寻找他，但他们没有。他们只会捉弄麻瓜。他们的声音唤醒了我。我的脑子几年来第一次这么清醒。我非常气愤，拿着魔杖，想去教训这帮对我的主人不忠诚的家伙。我父亲不在帐篷里，他去解救麻瓜了。闪闪看见我这样生气，非常害怕。她用自己的魔法把我拴在她身边。她把我拽出帐篷，拽到树林里远离了食死徒。我想阻止她，想回到营地去。我要让那些食死徒看看什么是对黑魔王的赤胆忠心，并要惩罚他们的不忠。我用偷来的魔杖把黑魔标记发射到了空中。

“魔法部的巫师来了，到处施放昏迷咒。一个咒语射到闪闪和我站的树林里，打断了我们之间的纽带，我们俩都被击昏了。

“闪闪被发现后，我父亲知道我一定就在附近。他搜索了闪闪所在的灌木丛，也摸到了我躺在那儿。他等魔法部的其他人离开树林后，重新对我施了夺魂咒，把我带回了家。他撵走了闪闪，因为她没看好我，让我拿到了魔杖，差点儿让我跑掉。”

闪闪发出一声绝望的号叫。

“现在家里只有父亲和我两个人。后来……后来……”小克劳奇晃着脑袋，脸上露出了疯狂的笑容，“我的主人来找我了！

“一天夜里，他由仆人虫尾巴抱着来到我家。我主人得知我还活着。他在阿尔巴尼亚抓到了伯莎 · 乔金斯。他折磨伯莎，让她说出了很多情况。她对他讲了三强争霸赛的事，还告诉他们老傲罗穆迪要到霍格沃茨任教。主人继续折磨她，直到打破了我父亲给她施的遗忘咒。伯莎告诉他，我从阿兹卡班逃了出来，我父亲把我关在家里，不让我去找主人。因此，我的主人知道了我仍是他忠实的仆人——或许是最忠实的一个。根据伯莎提供的情报，我的主人想出了一个计划。他需要我，那天将近半夜时他上门来找我，是我父亲开的门。”

小克劳奇脸上的笑意更浓了，仿佛在回忆他一生中最幸福的时光。闪闪的指缝间露出一双惊恐的棕色眼睛。她似乎吓得说不出话来。

“神不知鬼不觉地，我父亲被我的主人施了夺魂咒。现在是他被软禁、被控制了。我主人迫使他像往常一样工作，好像什么都没发生似的。我被释放了，苏醒过来，重拾了自我，获得了多年没有过的活力。”

“伏地魔要你做什么？”邓布利多问。

“他问我是不是愿意为他冒一切风险。我愿意。能够为他效劳，向他证明我的忠诚，是我的梦想，是我最大的心愿。他告诉我，他需要在霍格沃茨安插一名亲信。此人要在三强争霸赛中指导哈利·波特，而且要做得不为人知。他要监视哈利·波特，保证他拿到三强杯；要把奖杯偷换成门钥匙，以便将第一个抓到它的人带到我主人那里，但是首先——”

“你们需要阿拉斯托·穆迪。”邓布利多说。他的蓝眼睛喷射着怒火，尽管声音仍保持平静。

“是我和虫尾巴两个人干的。我们事先配好复方汤剂，一起去穆迪家，穆迪奋力反抗，响动很大。我们总算及时把他制服，推进了他自己魔箱的暗室里，拔了他几根头发，加到汤剂中。我喝了药，变成了穆迪，拿了他的木腿和那个带魔法的眼球。亚瑟·韦斯莱来查问听到响动的麻瓜时，我已经准备好了。我把垃圾箱弄得绕着院子转圈，我对亚瑟·韦斯莱说我听到有人闯进了院子，使垃圾箱转了起来。然后我打点起穆迪的衣物和黑魔法探测器，把它们和穆迪一起装在箱子里，动身去了霍格沃茨。我对穆迪施了夺魂咒，但是没弄死他，我需要问他问题，了解他的过去，他的习惯，这样就连邓布利多也不会识破了。我还需要用他的头发来配复方汤剂。其他材料都好弄，我从地下教室里偷了非洲树蛇皮，当魔药课教师发现我在他的办公室里时，我就说我是奉命来搜查的。”

“你们袭击穆迪之后，虫尾巴到哪里去了？”邓布利多问。

“他回到了我父亲的家里，照料我的主人，同时监视我父亲。”

“但你父亲逃出来了。”邓布利多说。

“是的。过了不久我父亲就开始像我那样反抗夺魂咒，有时候他心里明白发生了什么事。我的主人认为不能再让他出门了。他强迫我父亲与魔法部通信联系工作，让他说自己病了。虫尾巴疏忽大意，没有看住，让我父亲跑了。我主人猜想他是去了霍格沃茨。我父亲想把一切告诉邓布利多，想向他坦白，供认把我从阿兹卡班偷带出来的事。

“我的主人通知我说我父亲跑了。要我不惜一切代价截住他。我就留心等待着。我用了从哈利 · 波特手里收来的地图，那张几乎坏了大事的地图。”

“地图？”邓布利多马上问道，“什么地图？”

“波特的那张霍格沃茨地图。波特在地图上看见了我。有一天夜里他看到我到斯内普的办公室去偷复方汤剂的原料，但他把我当成了我父亲，因为我们的名字一样。那天夜里我收走了波特的地图。我告诉他，我父亲憎恨黑巫师。波特以为我父亲是去跟踪斯内普的。

“我等着父亲到达霍格沃茨，等了有一个星期。终于有一天晚上，地图显示我父亲进场地了。我披上隐形衣去迎他。他正走在禁林边上，这时波特和克鲁姆来了，我等了一会儿。我不能伤害波特，我的主人需要他。趁波特跑去找邓布利多时，我击昏了克鲁姆，杀死了我父亲。”

“不——！”闪闪哀号道，“巴蒂少爷，巴蒂少爷，你在说什么呀？”

“你杀死了你父亲，”邓布利多依旧用和缓的声音说，“尸体是怎么处理的？”

“背到禁林里,用隐形衣盖上。我拿着地图看到哈利跑进城堡，撞见了斯内普，邓布利多也出来了。我看到哈利带着邓布利多走出城堡，便从禁林里出来，绕到他们后面，上去和他们打招呼。我对邓布利多说，是斯内普告诉我要来这里的。

“邓布利多让我去找我父亲。我回到父亲的尸体那里，看着地图，等所有人都走了之后，我给尸体念了变形咒，把它变成了白骨……然后我穿着隐形衣，把尸骨埋进了海格小屋前新挖的泥土里。”

一片沉默，只有闪闪还在抽泣。

然后邓布利多说：“今天夜里……”

“我在晚饭前主动提出把三强杯放进迷宫，”小巴蒂·克劳奇低声说，“把它变成了门钥匙。我主人的计划成功了。他恢复了力量，我会得到所有巫师做梦都想象不到的奖赏。”

他的脸上又现出疯狂的笑容，头垂了下去。闪闪在他身边哭泣。

第 36 章

分道扬镳

邓布利多站起身。他低头望着小巴蒂·克劳奇，脸上露出厌恶的神情。然后他又一次举起魔杖，几根绳子嗖嗖地从魔杖里飞出来，缠住小巴蒂·克劳奇，把他结结实实地捆了起来。

邓布利多转身对麦格教授说："米勒娃，你能不能守在这里，我送哈利上楼？"

"没问题。"麦格教授说。她显得有些恶心，就像她刚才望着的是一个呕吐的人。不过，当她抽出魔杖，指着小巴蒂·克劳奇时，她的手非常平稳。

"西弗勒斯，"邓布利多转向斯内普，"麻烦你去把庞弗雷女士叫来，我们需要把阿拉斯托·穆迪送进病房。然后你到场地上去，找到康奈利·福吉，把他带到这间办公室来。他肯定想亲自审问小克劳奇。你告诉他，如果他需要我，这半小时我在病房里。"

斯内普默默地点了点头，迅速离开了房间。

"哈利？"邓布利多温和地说。

哈利站起身，又摇晃起来；刚才他专心听小克劳奇说话，没有注意伤腿的疼痛，现在那疼痛变本加厉地回来了。他还意识到自己浑身发抖。邓布利多一把抓住他的胳膊，扶着他来到外面漆黑的走廊里。

“我希望你先到我的办公室去一下，哈利，”他们沿着走廊往前走，邓布利多轻声说，“小天狼星在那里等我们呢。”

哈利点了点头。他感觉麻木，仿佛置身于梦境中，眼前的一切似乎都不真实，但他并不在乎。他甚至为此感到高兴。这样，他就用不着去想他触摸三强杯后发生的一切了。他不想仔细研究那些记忆，尽管那些记忆不断在他脑海里闪现，像照片一样清晰。疯眼汉穆迪被关在大箱子里。虫尾巴瘫倒在地，捂着他的断臂。伏地魔从冒着蒸气的坩埚里冉冉升起。塞德里克……停止了呼吸……塞德里克，请哈利把自己送到父母身边……

“教授，”哈利喃喃地说，“迪戈里先生和他夫人在哪里？”

“他们和斯普劳特教授在一起。”邓布利多说，他的声音在审问小巴蒂·克劳奇的过程中一直是那么平稳镇定，现在第一次有些发颤，“斯普劳特教授是塞德里克那个学院的院长，对他最了解。”

他们来到滴水嘴石兽跟前。邓布利多说了口令，怪兽左右分开，他和哈利走上活动的螺旋形楼梯，来到橡木大门前。邓布利多把门推开。

小天狼星就站在那里。他脸色苍白，面容消瘦，就像刚从阿兹卡班逃出来时那样。他一眨眼就从房间那头奔了过来。“哈利，你没事吧？我就知道——我就知道会出这样的事——发生了什么？”

他双手颤抖，扶着哈利坐到桌前的一把椅子上。

“怎么回事？”他更加急切地问。

邓布利多开始向小天狼星原原本本地讲述小巴蒂·克劳奇所说的一切。哈利心不在焉地听着。他太累了，身上的每根骨头都在隐隐作痛。他只想坐在这里，不被任何人打扰，就这样坐上好久好久，直到沉沉睡去，再也不要有任何思想、任何感觉。

一阵翅膀轻轻扑打的声音。凤凰福克斯离开了它栖息的枝头，从办公室那头飞过来，落在哈利的膝盖上。

“你好，福克斯。”哈利轻声说。他抚摸着凤凰金色和红色的美丽羽毛。福克斯平静地朝他眨了眨眼睛。凤凰栖在膝头暖烘烘、沉甸甸的，哈利觉得心头踏实了许多。

邓布利多停住了话头。他在哈利对面的办公桌后面坐了下来。他望着哈利，但哈利躲避着他的目光。邓布利多要向他发问了。邓布利多要强迫他回忆那所有的一切了。

“我需要知道，哈利，你在迷宫里触摸门钥匙后发生了什么？”邓布利多说。

“我们可以明天早上再谈，行不行，邓布利多？”小天狼星声音沙哑地说，他把一只手放在哈利的肩膀上，“让他睡一觉吧。让他好好休息休息吧。”

哈利心头涌起对小天狼星的感激之情，但邓布利多仿佛没有听见小天狼星的话。他朝哈利探过身子。哈利很不情愿地抬起头，注视着那双蓝色的眼睛。

“如果我认为，”邓布利多温和地说，“用催眠的方法使你入睡，允许你暂时不去考虑今晚发生的一切，会对你有好处，我肯定这样做。但是我比你更清楚，暂时使疼痛变得麻木，只会使你最后感觉疼痛时疼得更厉害。你表现出的勇敢无畏，大大超出了我对你的期望。我要求你再一次表现出你的勇气。我要求你把所发生的一切告诉我们。”

凤凰发出一声轻柔而颤抖的鸣叫。那声音在空中微微发抖，哈利感到似乎一滴滚热的液体顺着喉咙滑进了胃里，他一下子觉得暖乎乎的，有了力量和勇气。

他深吸了一口气，开始向他们叙述。他说话时，那天晚上发生的一切都像放电影一样，在他眼前一幕幕闪现：他看见了那使伏地魔起死回生、表面冒着火星的魔药；他看见了幻影显形、突然出现在他们周围坟墓间的食死徒们；他看见了塞德里克的尸体，静静地躺在三强杯旁的地面上。

有一两次，小天狼星发出一点声音，似乎想说些什么，他的手仍然紧紧地抓住哈利的肩膀，但邓布利多举起一只手，阻止了他。这使哈利感到庆幸，因为万事开头难，现在既然打开了话匣子，再说下去就容易多了。他甚至有一种如释重负的感觉，似乎某种有毒的东西正从他体内被一点点地吸走。他以极大的毅力支撑着自己往下说，但他感觉到，一旦说完，他心头就会变得舒坦多了。

当哈利讲到虫尾巴用匕首刺中他的手臂时，小天狼星发出一声激动的喊叫，邓布利多猛地站起身，速度之快，把哈利吓了一跳。邓布利多绕过桌子，叫哈利伸出手臂。哈利给他们俩看了他被撕破的长袍和长袍下的伤口。

“他说，用我的血比用其他人的血更管用，会使他更加强壮。”哈利对邓布利多说，“他说那种保护力量——我母亲留在我身体里的那种力量——他也想拥有。他是对的——后来他再碰到我的时候，就不会受伤了。他碰了我的脸。”

在短短的一瞬间，哈利似乎看见邓布利多眼睛里闪过一丝胜利的喜悦。但哈利很快就认定自己准是看花了眼，因为邓布利多回到办公桌后的椅子上时，看上去又和哈利一向看见的那样苍老和疲倦了。

“很好，”邓布利多说着，又坐了下来，“伏地魔战胜了那个不同寻常的障碍。哈利，请你说下去吧。”

哈利继续往下说。他讲述伏地魔怎样从坩埚里浮现出来，并把他记得的伏地魔对食死徒们说的话告诉了他们。然后他告诉他们伏地魔怎样解开他身上的绳子，把他的魔杖还给他，准备与他决斗。

然而，当他讲到那道金光连接他的魔杖和伏地魔的魔杖时，他觉得嗓子哽咽了。他努力说下去，但伏地魔的魔杖里浮现出的那些东西，像潮水一样涌入他的脑海。他可以看见魔杖中冒出了塞德里克，还看见那个老人、伯莎·乔金斯……他的母亲……他的父亲……

就在这时，小天狼星打破了沉默，才使哈利松了口气。

“两根魔杖连接？”小天狼星问，望望哈利，又看看邓布利多，“为什么？”

哈利又抬头望着邓布利多，只见他脸上有一种被深深吸引的神情。

“闪回咒。”邓布利多喃喃低语。

他深深地凝视着哈利的眼睛，两人之间闪过一道看不见的会意的目光。

"能获得重放咒的效果？"小天狼星机敏地问。

"非常正确，"邓布利多说，"哈利的魔杖和伏地魔的魔杖有着同样的杖芯。它们各自所含的那根羽毛是从同一只凤凰身上取得的。说实话，就是这只凤凰。"他说，指了指静静栖在哈利膝头的金红色大鸟。

"我魔杖里的羽毛是福克斯身上的？"哈利惊奇地问。

"是的，"邓布利多说，"四年前，你刚离开奥利凡德先生的店铺，他就写信告诉我说第二根魔杖被你买走了。"

"那么，如果一根魔杖遇见它的兄弟，会出现什么情况呢？"小天狼星问。

"它们不会正常地攻击对方，"邓布利多说，"不过，如果魔杖的主人硬要两根魔杖争斗……就会出现一种十分罕见的现象。

一根魔杖会强迫另一根重复它施过的咒语——以倒序的方式。先是最近的咒语……然后是以前的……"

他询问地望着哈利，哈利点了点头。

"这就是说，"邓布利多慢慢地说，眼睛盯着哈利的脸，"塞德里克以某种形式重新出现了。"

哈利又点了点头。

"迪戈里又活过来了？"小天狼星反应很快地问。

"任何咒语都不可能把死者唤醒，"邓布利多语气沉重地说，"只会出现一种类似回音倒放的现象。魔杖里会冒出塞德里克活着时的一个影子……我说得对吗，哈利？"

"他对我说话了。"哈利说，他突然又禁不住颤抖起来，"那个……那个塞德里克的灵魂之类的东西，说话了。"

"是一个回音，"邓布利多说，"保留了塞德里克的相貌和性格。我猜想还出现了其他类似的形体……是以前伏地魔的魔杖下的牺牲品……"

"有一个老人，"哈利说，喉头仍然发紧，"伯莎 · 乔金斯，还有……"

"你的父母？"邓布利多轻声地问。

"是的。"哈利说。

小天狼星把哈利的肩膀抓得生疼。

"那根魔杖最近残害的人，"邓布利多点了点头，说道，"以倒序的形式闪现出来。当然啦，如果你让两根魔杖一直连接着，还会出现更多的幻象。很好，哈利，这些回音，这些幻影……它们做了什么？"

哈利叙述那些从魔杖里冒出来的身影怎样在金网边缘徘徊，伏地魔怎样感到恐惧，哈利父亲的影子怎样告诉他应该做什么，塞德里克的影子怎样提出它最后的请求。

说到这里，哈利觉得再也说不下去了。他转脸望望小天狼星，看见他用手捂住了脸。

哈利突然意识到福克斯已经飞离了他的膝头。凤凰扑棱棱地落到地板上，用美丽的头贴着哈利受伤的腿，大滴大滴透明的泪珠从它眼睛里涌出，落在蜘蛛留下的伤口上。疼痛消失，皮肤愈合。他的腿完好如初。

"我要再说一遍，"邓布利多说，这时凤凰飞到空中，重新落到门边的栖枝上，"你今晚的表现十分勇敢，远远超出了我对你的期望，哈利。你所表现出的勇气，与那些在伏地魔鼎盛时期同他抗争至死的巫师们不相上下。你肩负起了一个成年巫师的重任，并发现自己完全挑得起这副担子——你让我们对你抱有更高的期望。你跟我一起到医院去吧。今晚我不想让你回宿舍了。服一些安眠药剂，好好地静下心来……小天狼星，你愿意陪着他吗？”

小天狼星点点头，站了起来。他重新变成一条黑色的大狗，跟着哈利和邓布利多走出了办公室，并陪着他们走下楼梯，向医院走去。

邓布利多推开门时，哈利看见韦斯莱夫人、比尔、罗恩和赫敏都围在显得焦头烂额的庞弗雷女士身边。他们似乎在追问哈利的情况和下落。

当哈利、邓布利多和黑狗进去时，他们都猛地转过身来，韦斯莱夫人发出一声压抑的惊呼：“哈利！哦，哈利！”

她拔脚向哈利奔来，但邓布利多走上前，挡在了他们俩之间。

“莫丽，”他举起一只手，说道，“请先听我说几句。哈利今晚经历了一场可怕的折磨。刚才又向我复述了一遍。他现在需要的是睡眠、清静和安宁。如果他愿意你们陪着他，”他又望望周围的罗恩、赫敏和比尔，补充道，“你们可以留下。但我不希望你们向他提任何问题，直到他做好回答的准备，不过今晚绝对不行。”

韦斯莱夫人点了点头。她脸色十分苍白。

她突然转向罗恩、赫敏和比尔，就好像他们在吵闹似的。她压低声音教训道：“你们听见了吗？他需要安静！”

“校长，”庞弗雷女士盯着小天狼星变成的黑狗，说道，“我可不可以问一句，这是什么——”

“这条狗陪哈利待一会儿，”邓布利多简单地说，“我向你保证，它受过十分良好的训练。哈利——我等你上了床再走。”

邓布利多不许别人向他提问，哈利心头涌起一股难以形容的感激之情。他并非不愿意他们待在这里，但一想到又要把事情原原本本地再说一遍，又要重新体验所有的一切，他就觉得无法忍受。

“我去见过福吉之后，就马上赶回来看你，哈利。”邓布利多说，“我希望你明天也留在这里，等我向全校师生讲完话再说。”说完，他就走了。

庞弗雷女士领着哈利走向旁边的一张床，哈利瞥见真穆迪一动不动地躺在房间尽头的病床上。他的木头假腿和那个带魔法的眼球放在床头柜上。

“他没事吧？”哈利问道。

“他不会有事的。”庞弗雷女士说，给了哈利一套睡衣，并拉上他周围的帘子。哈利脱去长袍，换上睡衣，爬到了床上。罗恩、赫敏、比尔、韦斯莱夫人和那条黑狗都从帘子旁边绕了进来，分坐在他两边的椅子上。罗恩和赫敏望着他，神情几乎是小心翼翼的，似乎有点儿怕他。

“我挺好的，”他告诉他们，“就是太累了。”

韦斯莱夫人不必要地抚摸着他的床单，眼睛里噙着泪花。

庞弗雷女士刚才匆匆去了一趟她的办公室，这时拿着一个小瓶子和一个高脚酒杯回来了，瓶子里装着一种紫色的药剂。

“你需要把它都喝了，哈利，”她说，“这种药可以使你无梦地酣睡一场。”

哈利接过酒杯，喝了几口。他一下子就觉得昏昏沉沉的。周围的一切都变得模糊了；病房的灯似乎隔着帘子朝他友好地眨眼睛；他仿佛觉得自己的身体在温暖的羽毛床垫中越来越深地陷下去。没等把药喝完，没等再说一句话，他就精疲力竭，沉入了无梦的睡眠。

哈利醒了过来，真暖和，真困啊，他没有睁开眼睛，只希望再沉沉睡去。房间里仍然光线昏暗；他想这一定还是夜晚，而且他觉得自己不可能睡了很长时间。

就在这时，他听见旁边有人小声说话。

“如果他们再不闭嘴，会把他吵醒的！”

“他们在嚷嚷什么？不会又发生了什么事吧？”

哈利费力地睁开惺忪的双眼。有人把他的眼镜摘掉了。他只能看见近旁韦斯莱夫人和比尔的模糊身影。韦斯莱夫人已经站了起来。

“这是福吉的声音，”她小声说，“这是米勒娃·麦格的声音，是不是？可他们在争论什么呢？”

这时哈利也听见了：有人在大喊大叫，并朝病房这边跑来。

“真令人遗憾，不过没有办法，米勒娃——”康奈利·福吉大声说道。

“你绝对不应该把它带进城堡！”麦格教授嚷道，“如果被邓布利多发现——”

哈利听见病房的门突然被撞开了。比尔拉开帘子，周围所有人的目光都盯着房门，没有注意到哈利坐起身，戴上了眼镜。

福吉大步走进病房。麦格教授和斯内普紧跟在后面。

“邓布利多呢？”福吉问韦斯莱夫人。

“他不在这儿，”韦斯莱夫人气愤地说，“部长，这里是病房，你是否认为你最好——”

可就在这时，门开了，邓布利多敏捷地走进了病房。

“出了什么事？”邓布利多严厉地问，看看福吉，又看看麦格教授，“你们为什么在这里打扰这些人？米勒娃，你真让我感到吃惊——我叫你看守小巴蒂 · 克劳奇的——”

“已经没必要看守他了，邓布利多！”麦格教授尖声嚷道，“部长确保了这一点！”

哈利从没见过麦格教授像现在这样冲动。她面颊上泛起愤怒的红晕，双手捏成了拳头。她气得浑身发抖。

“我们告诉福吉先生，我们抓住了制造今晚事件的食死徒，”斯内普低声说道，“他似乎感到他个人的安全也成了问题，一定要召来一个摄魂怪陪他进入城堡。他把摄魂怪带进了小巴蒂 · 克劳奇所在的那个办公室——”

“我告诉他你不会同意的，邓布利多！”麦格教授怒气冲冲地说，“我告诉他你不许摄魂怪再踏进城堡，可是——”

“我亲爱的女士！”福吉大声吼道，他此刻这副怒气冲天的样子也是哈利从没见过的，“我作为魔法部部长，有权决定自己是否愿意带保镖，因为我要来见一位可能非常危险的——”

可是麦格教授的声音盖过了福吉的话。

“那家伙——那家伙一进办公室，”她指着福吉，全身颤抖，尖叫着说，“就朝克劳奇扑去，就——就——”

麦格教授拼命寻找字眼来描绘刚才发生的事，哈利感到肚子里生出一股寒气。他用不着听麦格教授把话说完。他知道摄魂怪做了什么。摄魂怪一定给了小巴蒂·克劳奇那个致命的吻，从小克劳奇的嘴里吸走了他的灵魂。小克劳奇现在已是生不如死。

“根据各种说法，这是他罪有应得！”福吉气势汹汹地说，“他似乎造成了好几个人的死亡！”

“可是他现在无法出来作证了，康奈利。”邓布利多说，他犀利地盯着福吉，似乎第一次清清楚楚地看透了他，“他不能提供证据，说明他为什么要杀死那些人了。”

“他为什么杀死他们？嘿，这不是明摆着的嘛！”福吉气急败坏地说，“他是个到处流浪的疯子！从米勒娃和西弗勒斯告诉我的情况看，他似乎以为自己所做的一切都是遵照了神秘人的旨意！”

“伏地魔以前确实对他发号施令，康奈利，”邓布利多说，“那些人的死，只是伏地魔施行卷土重来计划时附带产生的结果。那个计划成功了。伏地魔恢复了他的肉身。”

福吉大惊失色，就好像有人迎面给了他一记重击。他晕晕乎乎地眨巴着眼睛，呆呆地瞪着邓布利多，似乎不能完全相信刚才听见的话。

他结结巴巴地说话了，眼睛仍然瞪着邓布利多：“神秘人……回来了？胡说八道。别开玩笑了，邓布利多……”

“米勒娃和西弗勒斯无疑已经告诉过你，”邓布利多说，“我们听到了小巴蒂·克劳奇的坦白交代。在吐真剂的作用下，他告诉我们他怎样被偷偷带出阿兹卡班，伏地魔怎样——从伯莎 · 乔金斯那里得知他仍然在世——就从他父亲那里把他解救了出来，利用他去抓住哈利。告诉你吧，这个计划成功了。小克劳奇已经帮助伏地魔卷土重来了。”

“你听我说，邓布利多，”福吉说，哈利吃惊地看见他脸上居然闪现出一丝笑容，“你——你不可能真的相信这一切吧。神秘人——回来了？别开玩笑，别开玩笑了……不用说，小克劳奇也许以为自己是遵照神秘人的指令行事的——可是怎么能把这样一个疯子的话当真呢，邓布利多……”

“今晚，当哈利触摸到三强杯时，就被直接送到了伏地魔那里。”邓布利多坚定地说，“他亲眼目睹了伏地魔的起死回生。你不妨到我的办公室去，我会把一切都解释给你听。”

邓布利多把目光扫向哈利，看见哈利已经醒了，但他摇了摇头，说道：“今晚我恐怕不能允许你向哈利提问。”

福吉脸上仍留着那古怪的微笑。

他也望了望哈利，然后又把目光转回到邓布利多身上，说道：“你——呃——你准备对哈利的话照单全收，是吗，邓布利多？”

片刻的沉默，接着响起小天狼星的吠叫声。他竖起颈子上的毛，朝福吉露出了他的长牙。

“我当然相信哈利。”邓布利多说，此时他的眼睛灼灼发光，“我听了小克劳奇的坦白，也听了哈利讲述的他触摸三强杯后发生的一切；他们两人的话合情合理，把去年夏天伯莎 · 乔金斯失踪后出现的所有事情都解释清楚了。”

福吉脸上仍然带着那种奇怪的笑容。他又扫了哈利一眼，才

回答道 :“你准备相信伏地魔已经回来了，听信一个精神失常的杀人犯和一个小孩的话，而这小孩……他……”

福吉又飞快地瞥了哈利一眼，哈利顿时明白了他的意思。

“你一定在读丽塔·斯基特的文章，福吉先生。”哈利轻声说道。

罗恩、赫敏、韦斯莱夫人和比尔都吓了一跳。他们谁也没有发现哈利已经醒了。

福吉微微红了红脸，但紧接着脸上露出一种顽抗和固执的神情。

“是又怎么样，”他望着邓布利多，说道，“我发现你一直把这小孩的某些情况隐瞒着不汇报？他是个蛇佬腔，对吗？举止行为处处都透着古怪——”

“我想，你大概是指哈利一直感觉到的伤疤疼痛吧？”邓布利多冷冷地说。

“这么说，你承认他一直感到这些疼痛喽？”福吉很快地说，“头疼？做噩梦？大概还有——幻觉吧？”

“听我说，康奈利，”邓布利多说着，朝福吉跟前跨了一步，似乎又一次放射出那种难以言喻的力量——哈利在邓布利多击昏小克劳奇时就感觉到这种力量的存在，“哈利和你我一样清醒、理智。他额头上的伤疤并没有把他的脑子弄糊涂。我相信，只有当伏地魔潜伏在附近或特别想杀人时，哈利的伤疤才会疼。”

福吉从邓布利多面前后退了半步，但神情仍然那么固执。“请原谅，邓布利多，我以前从没听说魔咒伤疤会像警铃一样……”

“我亲眼看见伏地魔又回来了！”哈利大声喊道。他挣扎着想下床，但韦斯莱夫人把他挡了回去。“我亲眼看见了食死徒！

我可以报出他们的名字！卢修斯·马尔福——”

斯内普突然动了一下，但当哈利望向他时，他的目光又转向了福吉。

“马尔福被宣告无罪了！”福吉显然觉得受了冒犯，说道，“一个非常古老的家庭——为美好的事业慷慨捐赠——”

“麦克尼尔！”哈利继续报出那些名字。

“也被宣告无罪了！目前在魔法部工作！”

“埃弗里——诺特——克拉布——高尔——”

“你只是在重复那些十三年前被判不是食死徒的人的名字！”福吉气呼呼地说，“你可以在过去的审判报告里找到那些名字！看在老天的分上，邓布利多——去年年底，这个男孩就满脑子胡编乱造的古怪故事——他的谎话越编越离奇了，你居然还全盘相信——这个男孩能够跟蛇对话，邓布利多，而你仍然认为他是值得信任的？”

“你这个傻瓜！”麦格教授喊道，“塞德里克·迪戈里！克劳奇先生！这些人的死绝不是一个疯子的随意行为！”

“我看不出为什么不是！”福吉也大声喊道，脸涨成了紫红色，火气不比麦格教授的小，“在我看来你们都决意要制造一种恐慌情绪，破坏我们这十三年来苦心营造的一切！”

哈利简直不敢相信自己的耳朵。他一向认为福吉是个和蔼可亲的人，尽管有些盛气凌人，有些自高自大，但本质上是很善良的。没想到此刻眼前站着的这个怒气冲冲的小个子巫师，竟断然拒绝相信他那井然有序、稳定舒适的世界有可能毁于一旦——拒绝相信伏地魔可能卷土重来。

第36章　分道扬镳

“伏地魔回来了，”邓布利多又一次说道，“福吉，如果你立即接受这一事实，并采取必要的措施，我们还有可能挽回局面。首先最重要的一步就是让阿兹卡班摆脱摄魂怪的控制——”

“乱弹琴！”福吉又嚷道，“撤销摄魂怪？我只要一提出这个建议，准会被赶出办公室！我们半数的人就是因为知道有摄魂怪在阿兹卡班站岗，晚上才能睡个踏实觉的！”

“康奈利，如果知道伏地魔最危险的死党的看守是那些一声令下就会为他效劳的家伙，那么我们其他人就睡不踏实了！”邓布利多说，“那些家伙不可能对你忠心耿耿，福吉！伏地魔能够提供给它们的权力和乐趣，比你所能提供的多得多！伏地魔身后有摄魂怪的支持，加上那些昔日的死党回到他身边，到时候你就很难阻止他恢复十三年前的那种势力了！”

福吉的嘴巴张开又合上，似乎没有语言能表达他的愤怒。

“你必须采取的第二个措施——而且必须立即行动，”邓布利多进一步说道，“是派使者到巨人那去。”

“派使者到巨人那去？”福吉惊叫道，一下子又会说话了，“这又是什么疯话？”

“趁现在还不算太晚，向他们伸出友谊的手，”邓布利多说，“不然伏地魔就会把他们拉拢过去。他以前就做过这样的事，说是在所有的巫师中，只有他能向巨人提供权益和自由！”

“你——你一定是在开玩笑！”福吉吃惊得喘不过气来，一边摇头，一边又从邓布利多面前向后退缩，“如果魔法界得知我跟巨人有来往——人们对巨人恨之入骨啊，邓布利多——我的事业就完蛋了——”

“康奈利，你太迷恋你的官职了，这使你失去了应有的判断力。”邓布利多说，声音渐渐提高，人们可以感觉到他周身笼罩着的那个力量的光环，他的眼睛又一次灼灼发光，“你太看重所谓的血统纯正了！一向都是如此！你没有认识到，一个人的出身并不重要，重要的是他成长为什么样的人！你的摄魂怪刚才消灭了一个十分古老的纯血统家族的最后一位成员——你看看那个人所选择的人生道路吧！我现在告诉你——只要听从我的建议，采取一些措施，那么无论你是否在位，人们都会把你看作有史以来最勇敢最伟大的魔法部部长。如果你不采取行动——历史也会牢牢记住：正是由于你的袖手旁观，让伏地魔第二次有机会摧毁我们辛辛苦苦重建的这个世界！”

“荒唐，”福吉小声说，继续一步步后退，“疯狂……”

接着是一阵沉默。庞弗雷女士呆呆地站在哈利的床边，用手捂着嘴。韦斯莱夫人仍然站在哈利面前，双手按住他的肩膀，不让他起身。比尔、罗恩和赫敏都吃惊地瞪着福吉。

“如果你这样执迷不悟，一意孤行，康奈利，”邓布利多说，“我们就只好分道扬镳了。你做你认为合适的事情。我——我则按我的意志行动。”

邓布利多的声音里没有丝毫威胁的成分，它听上去只是一个声明，但福吉气得暴跳如雷，仿佛邓布利多正举着一根魔杖朝他逼近。

“好啊，好啊，邓布利多，”他威胁地挥动着一根手指，说道，“我一直给你充分的自由。我一向对你尊敬有加。我也许并不赞成你的一些决定，但总是保持沉默。没有多少人会允许你聘用狼人，留用海格，或不请示魔法部就擅自决定给学生教什么东西。不过，如果你准备同我对着干——”

“我唯一想要对着干的，”邓布利多说，“是伏地魔。如果你也反对他，康奈利，那么我们还是同一阵营的。”

福吉似乎想不出该如何回答。他的两只小脚站立不稳，前后摇晃了片刻，用双手旋转着他那顶圆顶高帽。

最后，他说话了，声音里有一丝企求的成分，“他不会回来的，邓布利多，他不可能……”

斯内普大步走上前，越过邓布利多，他一边走，一边撩起长袍的左边袖子。他把胳膊伸过去给福吉看，福吉惊骇地向后退缩。

“看看吧，”斯内普声音嘶哑地说，“看看吧，黑魔标记。已经不像一小时前那么明显了，当时它被烧成了焦黑色，不过你仍然能看见。每个食死徒身上都有黑魔王打下的烙印。这是食死徒相互识别的一种方式，也是伏地魔召集我们回到他身边的暗号。当他触摸到某个食死徒的标记时，我们必须立即幻影移形，出现在他身边。一年来，这个标记越来越明显了。卡卡洛夫的也是这样。你说卡卡洛夫今晚为什么要逃跑？我们俩都感到标记在火辣辣地灼烧。我们都知道他回来了。卡卡洛夫害怕伏地魔会报复他。他背叛了他的许多食死徒同伴，肯定没有人欢迎他回到他们中间。”

福吉又从斯内普面前退了回去。他不停地摇着脑袋，似乎根本没有听清斯内普说的话。他瞪大眼睛，显然被斯内普胳膊上那丑陋的标记吓坏了，接着他抬头望着邓布利多，小声说道：“我不知道你和你的人在玩什么把戏，邓布利多，但是我已经听够了。我不想再说什么。我明天再跟你联系，邓布利多，讨论这所学校的办学方式。我必须回魔法部去了。”

他走到门边又停住脚步，回过身来，大步走过房间，停在哈利床边。

“你赢得的奖金，”他简短地说，一边从口袋里掏出一大袋金币，扔在哈利的床头柜上，“一千个金加隆。本来应该有一个颁奖仪式的，但在目前这种情况下……”

他把圆顶高帽套在头上，走出了房间，把门在身后重重地关上了。他刚离开，邓布利多就转身望着哈利床边的一群人。

“有一些工作要做，”他说，“莫丽……如果我没有弄错的话，我是可以指望你和亚瑟的吧？”

“当然没问题。”韦斯莱夫人说，她脸色煞白，嘴唇也全无血色，但表情十分坚决，“他了解福吉是什么样的人。亚瑟就因为喜欢麻瓜，才阻碍了自己这些年在魔法部的发展。福吉认为亚瑟缺乏一个巫师应有的尊严。”

“好吧，我需要送一封信给亚瑟，”邓布利多说，“对所有那些能够在我们的说服下认清局势的人，我们都必须立即予以通知，亚瑟可以接触到魔法部那些不像康奈利这样目光短浅的人。”

“我去找爸爸，”比尔说着，站了起来，“现在就去。”

“太好了，”邓布利多说，“把所发生的事情都告诉他，说我很快就会跟他直接联系。不过他必须谨慎行事。如果福吉认为我在插手魔法部——”

“没问题，交给我吧。”比尔说。

他伸手拍拍哈利的肩膀，又吻了吻母亲的面颊，然后穿上斗篷，大步流星地走出了房间。

“米勒娃，”邓布利多转向麦格教授，说，“我想尽快在我的办公室见到海格。还有——马克西姆女士——如果她也愿意来的话。”

麦格教授点点头，一言不发地离去了。

“波比，”邓布利多对庞弗雷女士说，“劳驾，你能不能到穆迪教授的办公室去一趟？你在那里会找到一位痛不欲生、名叫闪闪的家养小精灵。你尽量安慰安慰她，然后把她带到下面的厨房里。我认为多比会替我们照顾她的。”

“好——好吧。”庞弗雷女士显得有些吃惊，随即也离去了。

邓布利多确信门已经关好，庞弗雷女士的脚步声已经远去，才又开口说话。

“现在，”他说，“我们中间的两个人可以互相认识彼此的真面目了。小天狼星……你能不能变回你平常的样子？”

大黑狗抬头看了看邓布利多，然后摇身一变，成了一个男人。

韦斯莱夫人惊叫一声，从床边直往后退。

“小天狼星布莱克！”她指着他，尖声叫道。

“妈妈，闭嘴！”罗恩喊道，“这没什么！”

斯内普没有惊叫，也没有退缩，但脸上的表情混杂着愤怒和恐惧。

“他！”他瞪着小天狼星，气冲冲地咆哮道——小天狼星的脸上也露出同样厌恶的表情，“他在这里做什么？”

“是我邀请他来的，”邓布利多轮番望着他们俩，说道，“你也一样，西弗勒斯。你们两个我都很信任。现在你们应该抛弃昔日的分歧，互相信任。”

哈利认为邓布利多简直是在请求奇迹发生。小天狼星和斯内普恶狠狠地盯着对方，脸上都是仇恨到极点的表情。

“在短时期内，”邓布利多说，语气里透着一丝不耐烦，“只要你们不公开敌视对方，我就满意了。你们不妨握握手。现在你们属于同一阵营了。时间紧张，我们少数几个知道真相的人必须团结一致，否则大家都毫无希望。”

小天狼星和斯内普很慢很慢地走上前，握了握手，但仍然恶狠狠地互相瞪着，似乎都希望对方遭到厄运。他们很快就把手松开了。

“这样还差不多。”邓布利多说着,又一次挡在他们俩之间,“现在你们俩都有任务。福吉的态度尽管我们也有所预料，但改变了整个事态。小天狼星,我需要你立即出发。你去通知莱姆斯·卢平，阿拉贝拉 · 费格，蒙顿格斯 · 弗莱奇——那几个老朋友。你暂时隐蔽在卢平那里，我会到那里跟你联系。”

“可是——”哈利说。

他真希望小天狼星能留下来。他不想这么快就跟他告别。

“你很快就会见到我的，哈利，”小天狼星转过头，对他说道，“我向你保证。但我必须尽我的一点儿力量，你明白的，是吗？”

“是，”哈利说，“是的……我当然明白。”

小天狼星很快地握了握他的手，朝邓布利多点点头，然后又变成了黑狗，跑到门边，用一只爪子拧开门把手，转眼就不见了。

“西弗勒斯，”邓布利多转向斯内普，说，“你知道我要吩咐你做什么。如果你没意见……如果你准备好了……”

“没问题。”斯内普说。

他的脸色显得比往常更苍白了，那双冷冰冰的黑眼睛闪烁着怪异的光。

“那么，祝你好运。”邓布利多说，脸上带着一丝担忧，望着斯内普一言不发地尾随小天狼星而去。

又过了几分钟，邓布利多才开口说话。

“我必须到楼下去，”他最后说道，“我必须见见迪戈里夫妇。哈利——把剩下的药水都喝了。我过一会儿再来看望你们大家。”

邓布利多离去了，哈利无力地倒在枕头上。赫敏、罗恩和韦斯莱夫人都望着他，良久没有人说话。

“你必须把剩下的药水都喝下去，哈利。”最后韦斯莱夫人说道。她伸手取药瓶和高脚杯时，轻轻推了推床头柜上的那袋金币。“踏踏实实地睡一觉。暂时想点儿别的事情……想想你准备用奖金买些什么！”

“我不要这些金币，”哈利淡淡地说，声音里毫无热情，“你拿去吧。谁都可以拿去。我不应该赢得它们。它应该属于塞德里克。”

这时，他离开迷宫后一直拼命压抑、拼命克制的情感，一下子全部袭上心头，使他快要不能自已。他感到内眼角一阵火辣辣的刺痛。他使劲眨眨眼皮，瞪着上面的天花板。

“这不是你的错，哈利。”韦斯莱夫人轻声说。

“是我叫他和我一起去拿奖杯的。”哈利说。

现在那种火辣辣的感觉又跑到了他的喉咙里。他真希望罗恩把目光移开。

韦斯莱夫人把药水放在床头柜上，弯下腰，伸手搂住哈利。

哈利从不记得有谁这样搂抱过自己，就像母亲一样。当韦斯莱夫人把他拥在怀中时，他那天晚上目睹的一切似乎全都沉沉地压在了他的心头。母亲的面庞,父亲的声音,塞德里克倒地死去的身影，似乎都开始在他的脑海里飞舞旋转。最后他简直受不了了，拼命拧着面孔，把那竭力冲破喉咙爆发出来的痛苦吼叫强压下去。

突然，传来了很响的拍打声，韦斯莱夫人和哈利赶忙分开了。赫敏站在窗户边，手里紧紧握着什么东西。

“对不起。”她低声说。

“你的药，哈利。”韦斯莱夫人赶紧说道，一边用手背擦了擦眼睛。

哈利一口把药水喝光了。效果立竿见影。沉重的、不可抗拒的无梦的酣睡立刻把他笼罩；他跌回到枕头上，什么也不想了。

第 37 章

开 始

即使一个月后回想起来，哈利对后来几天的记忆也只是零散的片断。就好像他经历的事情太多，把脑子都塞满了，再也记不住任何事情。他零星记得的那些片断十分惨痛。最令人心痛的莫过于他第二天上午与迪戈里夫妇的见面。

他们没有因为所发生的事情而责怪哈利；相反，他们都感谢哈利把塞德里克的遗体带给了他们。在见面中，迪戈里先生大部分时间都在无声地哭泣，而迪戈里夫人已经伤心得欲哭无泪了。

“那么，他并没有受多少痛苦。”迪戈里夫人听哈利讲了塞德里克的死亡经过，说道，“不管怎么说，阿莫斯……他死的时候刚赢得三强杯。他一定是很高兴的。”

当他们起身准备离开时，迪戈里夫人低头望着哈利，说：“你也好好保重吧。”

哈利抓起床头柜上的那袋金币。

“你们拿去吧，”他喃喃地对她说，“这应该属于塞德里克，是他先到达的，你们拿去吧——”

但是迪戈里夫人后退着闪开了。"哦，不行，亲爱的，我不能……你留着吧。"

第二天晚上，哈利回到了格兰芬多塔楼。据赫敏和罗恩说，邓布利多那天早上吃早饭时对全校师生讲了几句话。他只是要求大家别去打扰哈利，不许任何人问他问题，或缠着他讲述那天在迷宫里发生的事情。哈利注意到，大多数人在走廊里都绕着他走，避开他的目光。有些人在他走过时用手捂着嘴，互相窃窃私语。他猜想，他们许多人都相信了丽塔·斯基特的文章，认为他心理不正常，很可能是个危险人物。也许，对于塞德里克是怎么死的，他们都有自己的想法。但哈利发现他并不怎么在乎。他最喜欢跟罗恩和赫敏在一起，谈论其他话题，或者罗恩和赫敏自己下棋，让他一个人静静坐着。他觉得他们三个似乎已达到一种默契，已不需要用语言来表达；每个人都在等待某种信号或只言片语，告诉他们霍格沃茨外面发生的事情——在没有得到确切消息之前，对未来作种种推测都是毫无用处的。他们只有一次触及这个话题，那是罗恩对哈利讲述韦斯莱夫人回家前与邓布利多见面的经过。

"妈妈去问邓布利多，你今年夏天能不能直接到我们家去，"罗恩说，"但邓布利多还是希望你回德思礼家，至少是先回他们那里。"

"为什么？"哈利问。

"妈妈说邓布利多有他自己的道理，"罗恩说着，愁闷地摇了摇头，"我想我们必须得相信他，对吗？"

除了罗恩和赫敏，哈利觉得还能与之交谈的就是海格了。现在黑魔法防御术课没有了，他们可以自由处置那些课时。于是，他们就利用星期四下午的一节课，到下面海格的小屋去拜访他。那是一个明媚的艳阳天，他们刚一走近，牙牙就从敞开的门里跳了出来，欢快地叫着，摇晃着尾巴。

“谁呀？”海格一边问，一边走到门口，“哈利！”

他大步赶过来迎接他们，用一只粗胳膊把哈利使劲搂了一下，又胡噜胡噜哈利的头发，说道：“见到你真高兴，伙计。见到你真高兴。”

他们走进海格的小屋，看见火炉前的木桌子上放着两套水桶大小的茶杯和茶托。

“和奥利姆喝了杯茶，”海格说，“她刚走。”

“谁？”罗恩好奇地问。

“马克西姆女士呀，那还用说！”海格说。

“哦，你们俩和好了？”罗恩说。

“不明白你在说什么。”海格快活地说，一边又从碗柜里拿出几个杯子。他沏好茶，端来一盘岩皮饼分给大家，然后靠在椅子上，用黑溜溜的眼睛仔细打量着哈利。

“你挺好吧？”他粗声粗气地问。

“挺好。”哈利说。

“不对，你不好，”海格说，“你肯定不好。不过你会好的。”

哈利什么也没说。

“我就知道他会回来的，”海格说，哈利、罗恩和赫敏都吃惊地抬头望着他，“这么些年我一直知道，哈利。我知道他在那里，等待时机。这件事肯定是要发生的。好了，现在它发生了，我们必须承认现实。我们要战斗。我们可以阻止他获得权力、称霸天下。那是邓布利多的计划。邓布利多，他真是个了不起的人啊。只要有他在，我就不怎么担心。”

看到他们三个人脸上怀疑的表情，海格扬起乱蓬蓬的眉毛。

“坐着干着急是没有用的，”他说，“该来的总归会来，一旦来了，我们就接受。哈利，邓布利多把你做的事情都告诉我了。”

海格望着哈利，胸膛剧烈地起伏着。“你父亲如果还活着，他也会这么做的，这就是我对你的最高赞扬。”

哈利也对海格报以微笑。这是他这些日子来脸上第一次露出笑容。

“邓布利多叫你做什么，海格？”他问，“那天晚上，他派麦格教授来请你和马克西姆女士去见他。”

“给我这个夏天找点儿活干，”海格说，“不过，是保密的。我不能说，即使对你们也不能说。奥利姆——就是你们说的马克西姆女士——可能会和我一起干。我想她会的，看样子我已经把她说服了。”

“与伏地魔有关吗？”

海格听到这个名字，畏惧地向后缩了一下。

“大概吧，”他含糊其辞地说，“好了……谁愿意跟我去看看最后一条炸尾螺？我在开玩笑——开玩笑！”看到他们脸上的神情，他又急忙加了一句。

在返回女贞路的前一天夜里，哈利在宿舍里收拾箱子时，心情十分沉重。他害怕离校宴会，这通常被搞成一种庆祝活动，将宣布学院杯冠军的得主。自从他离开病房后，就一直避免在人多的时候进入礼堂。他情愿在别人几乎都走光时再进去吃饭，就是为了躲避同学们凝视的目光。

当他和罗恩、赫敏走进礼堂时，一眼就发现平常的那些装饰物都不见了。往常的离校宴会上，礼堂都用获胜学院的色彩装饰一新。然而今晚，教工桌子后面的墙壁上悬挂着黑色的帷幕。哈利立刻就明白了，这是对塞德里克表示敬意。

真正的疯眼汉穆迪现在坐在教工桌子旁，他的木腿和那个带魔法的眼球都回到了原来的位置。他显得特别紧张不安，每当有人跟他说话，他就惊跳起来。哈利知道这不能怪他。穆迪在自己的箱子里关了十个月，这肯定加重了他担心遭人袭击的恐惧。卡卡洛夫的座位空着。哈利一边和其他格兰芬多同学一起坐下，一边暗想不知卡卡洛夫此刻在哪里，不知伏地魔有没有抓住他。

马克西姆女士还在，就坐在海格旁边。他们正悄声谈论着什么。在桌子那边,坐在麦格教授身边的是斯内普。当哈利望着他时，他的目光在哈利身上停留了片刻。他脸上的表情很难捉摸。看上去还像以前一样阴沉、讨厌。哈利在斯内普移开目光后，仍然注视了他很长时间。

在伏地魔回来的那天夜里，斯内普遵照邓布利多的命令做了什么？还有，为什么……为什么……邓布利多这样确信斯内普真的与他们站在一边？他曾经是他们这边的密探，邓布利多在冥想盆里曾经这么说过。斯内普变成了专门对付伏地魔的密探，“冒着极大的生命危险”。难道他重操旧业，又干起了这份工作？他也许与食死徒们联系上了？假装自己从来没有真正投靠过邓布利多，而是像伏地魔本人那样一直潜伏着，等待时机？

哈利正想得出神，邓布利多教授突然从教工桌子旁站了起来，打断了他的思路。礼堂里本来就比平常的离校宴会安静许多，这时更是鸦雀无声。

“又是一年，”邓布利多望着大家说道，“结束了。”

他停下话头，目光落在赫奇帕奇的桌子上。在邓布利多站起来之前，这张桌子上的情绪就一直最压抑，桌旁的那一张张面孔也是整个礼堂里最悲哀最苍白的。

“今晚，我有许多话要对你们大家说，”邓布利多说，“但我首先必须沉痛地宣告，我们失去了一位很好的人，他本来应该坐在这里，”他指了指赫奇帕奇的同学们，“和我们一起享受这顿晚宴。我希望大家都站起来，举杯向塞德里克·迪戈里致敬。”

大家都这样做了，所有的人。大家纷纷起立，礼堂里响起一片凳子移动的声音。他们都举起高脚酒杯，用低沉浑厚的嗓音齐声说：“塞德里克·迪戈里。”

哈利透过人群瞥见了秋·张。泪珠无声地顺着她的面颊滚落。大家重新坐下来时，哈利也沉痛地低头望着桌子。

“塞德里克充分体现了赫奇帕奇学院特有的品质，”邓布利多继续说道，“他是一位善良、忠诚的朋友，一位勤奋刻苦的学生，他崇尚公平竞争。他的死使你们大家受到震撼，不管你们是否认识他。因此，我认为你们有权了解究竟是怎么回事。”

哈利抬起头，望着邓布利多。

“塞德里克·迪戈里是被伏地魔杀死的。”

礼堂里响起一片惊慌的低语。大家都惊恐地、不敢相信地盯着邓布利多。邓布利多则显得十分平静，望着他们的嘀咕声渐渐归于沉默。

“魔法部不希望我告诉你们这些。”邓布利多继续说，“有些同学的家长可能会对我的做法感到震惊——这或者是因为他们不能相信伏地魔真的回来了，或者是因为他们认为我不应该把这件事告诉你们，毕竟你们年纪还小。然而我相信，说真话永远比撒谎要好，如果我们试图把塞德里克的死说成是一场意外事故，或归咎于他自己的粗心大意，那都是对他形象的一种侮辱。”

这时，礼堂里的每一张脸都朝着邓布利多，每一张脸上都写着震惊与恐惧……噢，并不是每一张脸。哈利看见在斯莱特林的桌子上，德拉科·马尔福正在跟克拉布和高尔窃窃私语。哈利感到内心突然涌起一股火辣辣的怒气。他强迫自己把目光转回到邓布利多身上。

“在谈到塞德里克的死时，还必须提及另外一个人，”邓布利多继续往下说，“当然，我说的是哈利·波特。”

礼堂里起了一阵波动，有几个人把头转向哈利，随即又赶紧转回去，望着邓布利多。

“哈利·波特逃脱了伏地魔的魔爪，”邓布利多说，“他冒着生命危险，把塞德里克的遗体带回了霍格沃茨。他在各方面都表现出了大无畏的精神，很少有巫师在面对伏地魔的淫威时能表现出这种精神，为此，我向他表示敬意。”

邓布利多严肃地转向哈利，又一次举起了他的高脚酒杯。礼堂里的人几乎都这么做了。他们像刚才念叨塞德里克的名字一样，低声说着哈利的名字，为他敬酒。但是，哈利透过纷纷起立的人群的缝隙，看见马尔福、克拉布和高尔，以及斯莱特林的许多人都固执地坐着没动，碰也没碰他们的酒杯。邓布利多毕竟没有魔眼，没有看见他们的举动。

大家再次落座后，邓布利多又说道："三强争霸赛的目的是增强和促进魔法界的相互了解。鉴于目前所发生的事——伏地魔又回来了——这种联系比以往任何时候都更重要。"

邓布利多看看马克西姆女士和海格，看看芙蓉·德拉库尔和她那些布斯巴顿的校友，又看看斯莱特林桌子旁的威克多尔·克鲁姆和德姆斯特朗的同学。哈利看到，克鲁姆显得很紧张，甚至有些害怕，似乎以为邓布利多会说出一些严厉的话来。

"这个礼堂里的每一位客人，"邓布利多说，把目光停留在德姆斯特朗的同学们身上，"只要愿意回来，任何时候都会受到欢迎。我再对你们大家说一遍——鉴于伏地魔又回来了，我们只有团结才会强大；如果分裂，便不堪一击。

伏地魔制造冲突和敌意的手段十分高明。我们只有表现出同样牢不可破的友谊和信任，才能与之抗争到底。只要我们目标一致，敞开心胸，习惯和语言的差异都不会成为障碍。

"我相信——我真希望我是弄错了——我相信我们都将面临黑暗和艰难的时期。在这个礼堂里，你们中间的有些人已经直接受到伏地魔毒手的残害。你们许多家庭被弄得四分五裂。一星期前，我们中间的一位同学被夺去了生命。

"请记住塞德里克。当你们不得不在正道和捷径之间做出选择时，请不要忘记一个正直、善良、勇敢的男孩，就因为与伏地魔的不期而遇，就遭到了这样悲惨的厄运。请永远记住塞德里克·迪戈里。”

哈利的箱子已经收拾好了；海德薇也回到了箱子上面它的笼子里。哈利、罗恩、赫敏和四年级的其他同学一起，在拥挤的门厅里等待马车把他们送往霍格莫德车站。这又是一个美丽宜人的夏日。哈利猜想，晚上到达女贞路时，那里肯定很热，院子里枝繁叶茂，花圃里姹紫嫣红的鲜花竞相开放。想到这些，他并没有感到丝毫喜悦。

“哈利！”

他扭头望去。芙蓉·德拉库尔匆匆登上石阶，进入城堡。在她后面的场地那头，哈利可以看见海格正帮着马克西姆女士给两匹巨马套上挽具。布斯巴顿的马车就要出发了。

“希望我们后会有期，”芙蓉走到哈利身边，伸出一只手，说道，“希望我在这里找到一份工作，提高一下我的英语。”

“你的英语已经很棒了。”罗恩声音有些窒息地说。芙蓉朝他微笑着。赫敏在一旁皱起了眉头。

“再见，哈利，”芙蓉说着，转身离开，“这次见到你们十分愉快。”

哈利目送芙蓉匆匆穿过草坪朝马克西姆女士奔去，银亮的头发在阳光下像波浪一般荡漾，他的情绪不由自主地愉快了些。

“不知道德姆斯特朗的同学怎么回去，”罗恩说，“你说，没有了卡卡洛夫，他们还能驾驶那艘船吗？”

“卡卡洛夫并不掌舵，”一个沙哑沉闷的声音说，“他待在舱房里，活儿都由我们来干。”克鲁姆来跟赫敏道别了。“我可以跟你说几句话吗？”他问赫敏。

“噢……可以……好吧。”赫敏说，看起来有点慌乱，跟着克鲁姆穿过人群，不见了。

“你最好快点儿！”罗恩冲着她的背影大声喊道，“马车很快就要来了！”

在接下来的几分钟里，罗恩让哈利留意马车，自己一个劲儿地伸长脖子，想看清克鲁姆和赫敏在做什么。那两人很快就回来了。罗恩盯着赫敏，但赫敏脸上没有什么表情。

“我一直很喜欢迪戈里，”克鲁姆很唐突地对哈利说，“他总是对我很有礼貌。总是这样。尽管我来自德姆斯特朗——和卡卡洛夫一起。”他皱着眉头补充道。

“你们找到新校长了吗？”哈利问。

克鲁姆耸了耸肩膀。他像芙蓉那样伸出手，与哈利和罗恩分别握了握。

从罗恩的表情看，他的内心似乎正在忍受某种痛苦的挣扎。克鲁姆已经准备走开了，罗恩突然说道：“你能给我签个名吗？”

赫敏转过脸，望着那些没有马拉的马车顺着车道朝他们缓缓驶来，脸上浮现出微笑：克鲁姆显得既惊讶又欣慰，为罗恩在一片羊皮纸上签了名。

在他们返回国王十字车站的路上，天气和他们去年九月来霍格沃茨时完全不同。天空万里无云。哈利、罗恩和赫敏费了半天劲儿，总算找到一个空的包厢，坐了进去。小猪又被罗恩的礼服长袍遮住了，因为它不停地尖声大叫，海德薇脑袋缩在翅膀下打瞌睡，克鲁克山蜷缩在一个空座位上，活像一个大大的、毛茸茸的姜黄色靠垫。火车载着他们向南驶去，哈利、罗恩和赫敏摆脱了一星期来的沉默，畅快淋漓地交谈着。哈利觉得，邓布利多在离校宴会上的讲话，似乎一下子涤荡了他心中的烦忧。此刻再谈论所发生的事情，他不感到那么痛苦了。他们热烈地谈论着邓布利多现在会采取什么措施阻止伏地魔卷土重来，直到送午饭的小推车过来，才停住话头。

赫敏到小推车那里买完饭回来，把钱放回书包，掏出了一份她一直装在书包里的《预言家日报》。

哈利望了望，拿不准自己是否真想知道报纸上说了什么。赫敏见哈利望着报纸，便平静地说："报上没说什么。你自己可以看看，确实没有什么。我每天都要检查一下。只在第三个项目后的第二天发了一条短消息，说你赢得了三强杯。他们甚至提都没提塞德里克。对这件事只字未报。如果你问我的意见，我认为是福吉强迫他们保持沉默的。"

"他无法使丽塔保持沉默，"哈利说，"丽塔不会放过这样一篇精彩故事的。"

"噢，自从第三个项目之后，丽塔就什么也不写了。"赫敏说，她似乎在拼命克制着什么，语气有些奇怪，"不瞒你们说，"她又说道，声音有些发颤了，"丽塔·斯基特暂时不会再写任何东西了。除非她想让我泄露她的秘密。"

"你在说些什么呀？"罗恩说。

"我终于弄清，她在不应该进入场地时，是怎么偷听到别人的秘密谈话的。"赫敏一口气说道。

哈利有一种感觉，似乎赫敏这些日子来一直渴望把这件事告诉他们，但看到所发生的那么多状况，她只好忍着没说。

“她是怎么做的？”哈利赶忙问道。

“你是怎么弄清的？”罗恩盯着赫敏问。

“咳，其实说起来，还是你给了我灵感呢，哈利。”赫敏说。

“我？”哈利一头雾水，“怎么会呢？”

“窃听①。”赫敏快活地说。

“可是你说窃听器不管用——”

“哦，不是电子窃听器，”赫敏说，“是这样……丽塔·斯基特——”赫敏压抑着得意的情绪，声音微微颤抖，“——她是一个没有注册的阿尼马格斯。她能变成——”

赫敏从书包里掏出一只密封的小玻璃罐。

“——变成一只甲虫。”

“你在开玩笑吧，”罗恩说，“你没有……她不会……”

“哦，没错，正是这样。”赫敏高兴地说，一边朝他们挥舞着玻璃罐。

玻璃罐里有几根树枝和几片树叶，还有一只胖墩墩的大甲虫。

“那不可能——你在开玩笑——”罗恩把瓶子举到眼前，低声说。

“没有，我没开玩笑，”赫敏满脸喜色地说，“我在病房的窗台上抓住了她。你仔细看看，就会注意到这只甲虫触角周围的记号和她戴的那副难看的眼镜一模一样。”

---

① 同时有“变成甲虫”的意思。

第37章　开　始

哈利凑近一看，发现赫敏说得完全正确。他也想起了一些事情。“那天晚上，我们听见海格对马克西姆女士谈起他妈妈时，就有一只甲虫贴在雕像上。”

“正是这样，”赫敏说，“我们在湖边谈话之后，威克多尔从我的头发里捉出了一只甲虫。除非是我弄错了，但我敢说在你伤疤疼的那天，丽塔一定躲在占卜课教室的窗台上偷听来着。她一年到头四处飞来飞去，寻找可以大做文章的材料。”

“那天我们看见马尔福在那棵树下……”罗恩慢慢地说。

“他在跟丽塔说话，丽塔就在他手上，”赫敏说，“当然啦，马尔福知道这个秘密。丽塔就是这样对斯莱特林们进行那些精彩的小采访的。他们才不在乎她做的事情是不是合法呢，只要他们能在她面前胡乱造谣，诽谤我们和海格就行。”

赫敏从罗恩手里拿回玻璃罐，笑嘻嘻地望着甲虫，甲虫气愤地隔着玻璃嗡嗡直叫。

“我告诉过她，我们一回到伦敦，我就放她出来。”赫敏说，“我给罐子念了一个牢固咒，这样她就没法变形了。我叫她一年之内不得动笔写东西，看能不能改掉诽谤和侮辱别人的恶习。”

赫敏平静地笑着，把甲虫放回了她的书包里。

包厢的门被人拉开了。

“干得很聪明，格兰杰。”德拉科·马尔福说。

克拉布和高尔站在他身后。哈利还从没见过他们三个这样得意，这样傲慢，这样气势汹汹呢。

“这么说，”马尔福朝包厢里跨进一步，缓缓地打量着他们，嘴角颤抖着露出一丝讥笑，慢慢地说，“你抓住了某个可怜的记者，波特又成了邓布利多最喜欢的男孩。真了不起。”

他脸上阴险的笑容更明显了。克拉布和高尔发出阵阵怪笑。

“尽量不去想它，是吗？”马尔福望着他们三个，轻声轻气地说，“尽量假装什么也没发生？”

“滚出去。”哈利说。

邓布利多致辞哀悼塞德里克时，哈利看见马尔福跟克拉布和高尔窃窃私语，从那以后，哈利还一直没有和马尔福挨得这么近过。他感到耳朵里嗡嗡直响。他的手不由自主地抓住了长袍下的魔杖。

“你从一开始就输定了，波特！我警告过你！我告诉过你选择伙伴要谨慎，记得吗？那是去霍格沃茨的第一天，我们在火车上相遇时？我告诉过你不要跟这些下三烂的人泡在一起！”他冲罗恩和赫敏摆了摆脑袋，“现在已经来不及了，波特！黑魔王回来了，最先完蛋的就是他们！最先就是泥巴种和喜欢麻瓜的家伙！嗯——不是最先——迪戈里才是——”

说时迟那时快，就好像有人在包厢里点爆了一箱烟火。从不同方向发出的咒语放射出耀眼的强光，刺得哈利睁不开眼睛，一连串噼噼啪啪的巨响几乎震聋了他的耳朵。他眨眨眼睛，低头望着地板。

马尔福、克拉布和高尔都不省人事地躺在包厢门口。哈利、罗恩和赫敏都站着，刚才他们三个使用了不同的恶咒，而且这么做的还不止他们。

“我们想看看他们三个到底想干什么。”弗雷德一本正经地说，踏着高尔的身体走进了包厢。他的魔杖拿在手里，乔治也是这样。

第37章 开 始

乔治跟着弗雷德进入包厢时，故意踩在了马尔福身上。

“多么有趣的效果，”乔治低头看着克拉布，说道，“谁用了火烤咒？”

“我。”哈利说。

“真巧，”乔治开心地说，“我用了软腿咒。看来这两种咒语不能混合使用。他好像满脸都冒出了小触角。好吧，我们别把他们撂在这儿，他们可不是什么漂亮的装饰品。”

罗恩、哈利和乔治又踢又推又拉，把昏迷不醒的马尔福、克拉布和高尔（他们每个人受到几种咒语的混合袭击，模样更加难看了）弄到了外面的走廊里，然后回到包厢，把门重新拉上。

“谁玩噼啪爆炸？”弗雷德说着，掏出一副牌来。

刚玩到第五局，哈利拿定主意，决定向他们问个明白。

“那么，你们可以告诉我们了吧？”他对乔治说，“你们在敲诈谁？”

“噢，”乔治闷闷不乐地说，“不提也罢。”

“没什么，”弗雷德说着，不耐烦地摇了摇头，“没什么大不了的。至少现在已经不重要了。”

“我们已经放弃了。”乔治耸了耸肩膀，说道。

可是哈利、罗恩和赫敏不依不饶地追问，最后，弗雷德说：“好吧，好吧，既然你们真的想知道……是卢多·巴格曼。”

“巴格曼？”哈利敏锐地说，“你是说他也卷进——”

“不是，”乔治愁眉苦脸地说，“不是这码子事儿。他傻瓜蛋一个，还没有这样的脑子。”

“哦，那是怎么回事？”罗恩问。

弗雷德迟疑了一下，说道："你们还记得我们在魁地奇世界杯赛上跟他打赌的事吗？就是我们赌爱尔兰赢，但克鲁姆会抓住金色飞贼？"

"记得呀。"哈利和罗恩慢慢地说。

"咳，那傻瓜付给我们的是小矮妖的金币，是他从爱尔兰的吉祥物那里捡到的。"

"那又怎么样呢？"

"那还用说，"弗雷德不耐烦地说，"金子消失了，不是吗？到了第二天早上，连影子都没了！"

"可是——那一定是不小心弄错的，是不是？"赫敏说。

乔治很尖刻地笑了起来。"是啊，我们一开始也这样想。我们以为，只要写封信给他，告诉他弄错了，他就会把钱还给我们。没想到满不是那么回事。他对我们的信根本不理睬。我们在霍格沃茨三番五次想跟他谈谈，可他总是找各种借口摆脱我们。"

"到了最后，他态度变得非常恶劣，"弗雷德说，"对我们说，我们年龄太小，不能赌博，他一分钱也不会给我们。"

"然后，我们想要回本钱。"乔治怒气冲冲地说。

"他不会拒绝了吧！"赫敏屏住呼吸说。

"让你说着了。"弗雷德说。

"可那是你们的全部积蓄呀！"罗恩说。

"这还用你说。"乔治说，"当然啦，后来我们总算弄清了是怎么回事。李·乔丹的爸爸向巴格曼讨债时也碰了钉子。后来才知道，原来巴格曼在妖精那里惹了大麻烦。他向他们借了一大堆金子。世界杯赛后，他们把他堵在树林里，抢走了他身上所有的金币，还不够还清他的债务。妖精们一直跟着他来到霍格沃茨，密切监视着他。他赌博输光了一切，身上连两个金币也没有了。你知道那个傻瓜打算怎么向妖精还债吗？”

“怎么还？”哈利说。

“他把宝押在你身上了，伙计，”弗雷德说，“押了一大笔钱，赌你会赢得争霸赛。是跟妖精们赌的。”

“噢，怪不得他总想帮助我赢呢！”哈利说，“好了——我确实赢了，不是吗？他可以把你们的金币还给你们了吧？”

“才不呢！”乔治摇了摇头说，“妖精的表现和他一样恶劣。他们说你和迪戈里并列第一，而巴格曼赌的是你大获全胜。所以巴格曼只好匆忙逃命了。第三个项目一结束，他就逃跑了。”

乔治沉重地叹了口气，又开始发牌。

旅途剩下来的时光过得非常愉快；实际上，哈利真希望火车就这样一直开下去，开整整一个夏天，他永远不会到达国王十字车站……但他这一年经过重重困难已经懂得：当某件不愉快的事等在前面时，时间是不会放慢脚步的。仅一眨眼的工夫，霍格沃茨特快列车就停靠在$9\frac{3}{4}$站台了。同学们纷纷开始下车，过道里又是一片混乱和嘈杂。罗恩和赫敏提着箱子，走出了包厢，艰难地跨过马尔福、克拉布和高尔的身体。

但哈利没有动弹。“弗雷德——乔治——等一等。”

双胞胎转过身来。哈利打开箱子，从里面取出他在争霸赛中赢得的奖金。

“拿着吧。”他说，把袋子塞进乔治手里。

“什么？”弗雷德说，惊得目瞪口呆。

“拿着。”哈利坚决地重复道，“这钱我不想要。”

“你发神经了。”乔治说，一边拼命把袋子推还给哈利。

“不，我没有。”哈利说，“你们拿去吧，继续搞发明创造。这是给笑话店的。”

“他确实发神经了。”弗雷德用几乎敬畏的声音说。

“听着，”哈利很坚决地说，“如果你们不收，我就把它扔到阴沟里。我不想要它，也不需要它。但是我需要一些欢笑。我们可能都需要一些欢笑。我有一种感觉，很快我们就会需要比往常更多的欢笑。”

“哈利，”乔治声音微弱地说，掂量着手里的那袋金币，“里面有一千个金加隆呢。”

“是啊，”哈利笑着说，“想想吧，值多少个金丝雀饼干啊。”

双胞胎兄弟呆呆地望着他。

“千万别告诉你们的妈妈这钱是哪儿来的……尽管她现在不那么热心要你们进魔法部了，现在想来……”

“哈利……”弗雷德还要说什么，但哈利拔出了魔杖。

“听着，”他板着脸说，“快收下，不然我就给你念个恶咒。我现在知道几个很厉害的恶咒呢。你们就算帮我一个忙吧，好吗？给罗恩另外买几件礼服长袍，就说是你们送给他的。”

不等双胞胎再说一个字，哈利就离开了包厢，跨过马尔福、克拉布和高尔走了。马尔福他们仍然躺在地板上，身上带着恶咒留下的痕迹。

弗农姨父在隔墙外面等着他。韦斯莱夫人就站在他近旁。她一看见哈利，就过来一把搂住他，并贴着哈利的耳朵低声说：“我想邓布利多会让你夏末到我们家来的。保持联系，哈利。”

“再会，哈利。”罗恩说，拍了一下他的后背。

“再见，哈利！”赫敏说，然后她做了一件以前从没做过的事情：她吻了吻哈利的面颊。

“哈利——谢谢。”乔治喃喃地说，弗雷德在他旁边拼命点头。

哈利朝他们眨眨眼睛，然后转向弗农姨父，默默地跟着他离开了车站。现在还没有什么可担心的，他一边钻进德思礼家的汽车后座，一边这样想道。

正如海格说的，该来的总归会来……一旦来了，他就必须接受。

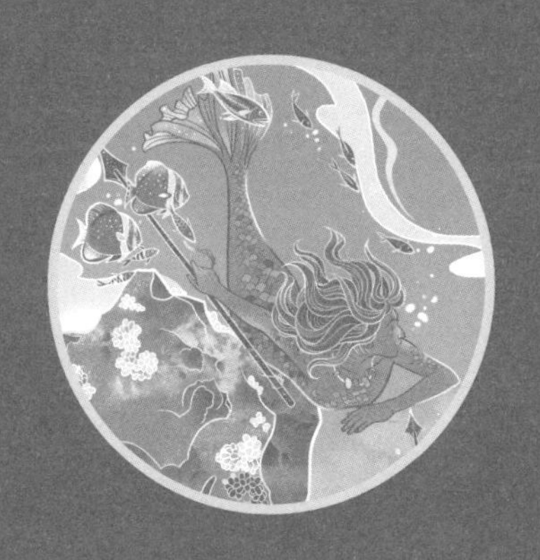

WIZARDING
WORLD